恋いして

播火100号記念　同人競作集

ほおずき書籍

恋いして

◉目次

装画／やまのうえようこ

恋いして

藤木明子

飛行

飛　行

金色に染まって
ピカピカに輝いていた
祖父の肌もいつしか山の朝を告げる
非運のヒキガエルとなった
　捨てるものは何もないのに
こんなに心がさわぐのは
何にとらわれているのだろう
早く　おいで　と祖父は手招く
そこまで来ている命の終わり　そのひと足が踏み出せなくている私を招く

藤木明子 ―― 飛　　行

イボ草の勲章を胸にぶら下げ
　食べるものなら何でも好き
しかし　死ぬのは　まだもうちょっと　先
三桁になったら考えよう　と威張って言う
　今更　甘苦を共にしてくれる人なんて
どこにもいません　この図図しい毒蛙メ
祖母は祖父に短刀をつきつけると
ゲクゲクと鳴いた
樹の幹の中心へ静かに入ってくる祖母は生体術の先生で今夜も憂愁の
船に乗って母をさがす手伝いをしてくれます
　深夜の徘徊をおこたらないおそろしい秘密を知っているのは母と私だけです

小高友哉

姫路城

～五行恋歌を綴る～

写真／姫路フォトバンク

全景

西の丸から

ふたりの運命を
塗り替えていく
新しい未来へと
繋げる
恋結び白鷺の城

大手前通り

声にならない声が
蓄積していく
恍惚の人の存在
次の恋へ
未来を拓く

春

櫻①

見上げる櫻に
微笑んだり
涙ぐむ
鮮明に蘇る
あなたとの物語

櫻②

暖かな日差しが降り注ぐ
桜の花が舞う
心がざわめく
記憶に残る
彩り

夏

藩船

あなたの傍にいると
目に見えない輝きが
不安を消してくれる
明日の風が
妙に心地いい

大天守と夏空

遠い遠い空の下
あなたの元気な姿を
勝手に決めつける
失った恋なのに
好きでたまらない

秋

紅葉①

あなたがいれば
怖いものなんてない
あなただけの私
「好き」で生きていく
情熱に燃える紅の葉

紅葉②

心からあふれだす
忘れたはずの
あなたの記憶
瞼の裏に
そっと隠れてる

冬

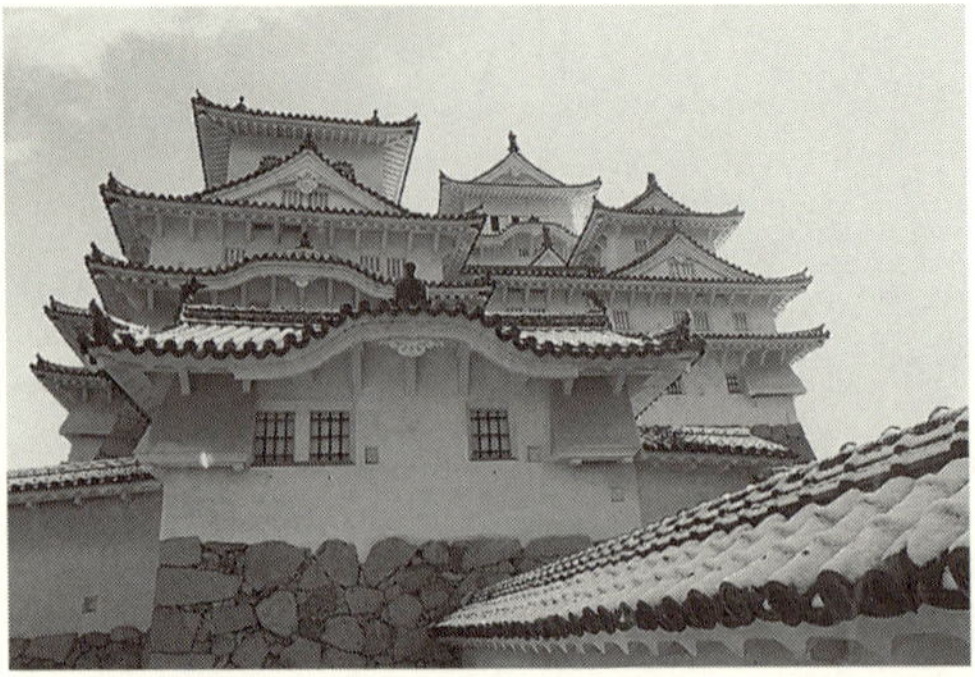

連立天守群

この凍った雪の結晶に
私の涙を
あずけて
あなたを溶かしてしまいたい
あなたのメモリーちょこっと残して

三国堀から

弱い自分を写す
脆い硝子の鏡
小さく笑う
あなたが揺れる
記憶の中で生きている

眺望

大天守から

閑静な街並みに
景色が躍る
会いたい
早く会いたい
あなたが目に貼り付いている

城見台公園

出会えたことには
意味がある
育まれる愛の深さ
簡単にはくずれない
二人の絆

山田正春

古希《こき》待ちブルース

噴き出していた。

額と言わず体の方々から汗だ。首に巻いたタオルが唯一の味方で、漸く梅雨が立ち去り〝市民ファーム〟に雑草と大格闘の季節が巡って来ていた。

戸浦哲平が皆に倣って昭和の和式トイレに屈むような恰好で下草を引き抜いていると、

「地面の、ひげ剃りをしているみたいだな」

隣の畝から同世代の大和田和成が、オクラ採りの手を止め声を掛けた。

「大地も、さっぱりして気持ちいいかな」

哲平は眉を震わせ野球帽を被りなおした。

「けど、哲平さん」

かつて時計宝石商の外販で腕を鳴らした大和田和成はつづけた。「何か、いいことあった」彼は、麦わら帽子を阿弥陀被りしている。

「うん？」

紡績会社で現役を終えた独り者の哲平は中腰で首を回した。「どうして」

頃合に育った青シソの葉が涼しげだが、

「眼がさ」大和田は続けた。「いつもと違う。ひょっとして、娘さんが、古希の祝いに旅行話でも持ってきたんじゃないかと思って」

「世界一周の船旅だとか、まさかだよ。でも半分、当たりかな」

「えっ、そうなの」

「ただ、断っとくけど、古希は、まだ二年先よ」所謂《いわゆる》、団塊世代。「久し振りに娘が、沼津から戻ってくる。一年半振りかな」

「それは、楽しみだ。確か、ご主人の転勤で、岡山から静岡へ。間遠くなり、ぼやいてた」

「和さんみたいに再婚後に娘を作り、別れた最初の奥さんとの間にも息子と娘を拵《こしら》えている幸せ者には一寸、分からないだろうけど」

「そんなことはない。分かるよ」

互いに、むきになる話ではない。「ところで、今日の昼、哲平さんはどうするの」

「どうって」

「嫁が留守で俺一人なんだけど、一緒にどう」

「男の手料理で盛り上がるかな。けど、駄目だ」

「どうして」

「ごめん。明後日《あさって》、娘が帰って来る。掃除とか、蒲団干しとか、風呂場やカーテンの丸洗いとか、色々と遣ることが。普段しないから」

当人は幾ら汚れていても気にならないのだが、娘とはいえ、相応の迎え入れの態勢が要るだろう。取り散らかった部屋、本当は雑草引きで時間を費やしている場合ではなかった。


「足の踏み場がないのじゃない」

「すっきりしたもんだ。京都の門跡寺院の金堂と互角の勝負が出来る」

昨晩、電話をもらっていた。

「馬鹿言って。兎《と》も角《かく》、三日後に帰るから」

「旦那の実家の方はいいのか」

「法事のあとも足止めされたら息が詰まるし、沼津に帰る前に独り暮らしの父の様子も見ておきたいからと、了解を貰ったから」

「何でも会えるならいい。道中のオマケでも」

「ひねくれたことを言わないで。あたしも会いたいわ。ママのお墓参りも行きたいし」

「すまん。口が滑った」

「でも元気そうで良かった。じゃ、明明後日《しあさって》」

男やもめは碌なことはない。六畳二間とキッチン、バストイレの単身者用マンション。

中古で買ったが、三、四日、油断すると、たちまちゴミ屋敷への幕が上がる。しがない父親とはいえ、そんな不様だけは娘に見せられないだろう。互いに不憫になるわけで、

「じゃ、又、今度だな飯の会は」

大和田は、納得し、後腐れなかった。

「愛想ない奴と思わないでくれ」

哲平は親切を汲めず気が差し言うと、畑の友は、「娘に尽くしている時が父親は一番幸福だ」眉を瞬いた。

「そうかも知れないな。それなら、和さんは二度目の幸福を手に入れているから凄いよ。小五だから、随分の尽くし甲斐が、この先も」

「それは、どうかな。気苦労や、煩わしさも」

「いやいや、娘は雲間から差す陽だよ。実に得難いものだ」

還暦前、五十代半ばで再婚をした大和田は、定年後、すぐにフォークリフトの免許を取得し再就職に与《くみ》していた。週に四日、午前中だけだが貨物の配送センターへ出向いていたが、いつだったたか、

「夫婦二人なら年金で凌げるんだがな」

痛し痒しの顔を見せた。「けど、昔は稼いだな。関空や神戸空港の特需で沸いたE島は思い出深いよ。砂や石材搬出でウハウハの島民に高級時計やジュエリーが飛ぶように売れた」

「僕は独りだし、何とか年金で暮らせるかな」

贅沢しなければ、堕ちることはないだろう。

勿論、先は読めない。歪みもあれば悔いも来るかも知れない。それは、その時のこと。頓着しても始まらないのだ。病が訪れたなら病と共に生き、黄泉《よみ》の口が見えたら、大人しく従う他ないと腹を括っている。だが、果たして、実際に遭遇すればどうなるか。

或いは、裏腹な己と向き合うやも知れない。


「皮肉好きで気分屋、そんなパパみたいな男に限り、きっと泣きつくわ」

単刀直入に娘に未来を描かれたのは数年前の正月。「泣きつく相手が私なら、パパにとって幸せなのかどうなのか」


「じゃ、娘さんと、いい休暇を過ごして」

大和田が底意なく見送る。「手料理に、親子ドライブとかさ」

「ありがとう。畑は、又、来週」

哲平は、ベースボールキャップを脱ぎ、ゴマ塩頭を軽く下げた。

茄子、ピーマン、シソ葉など刈り採った農作物をダンボール箱に入れ畦の軽自動車へ向かう頃には昼近くになっていた。

紙箱を抱え草道を歩む段、

——これが、孫なら——

ふと、口ごもった。多分、娘の実家帰りは今よりも機会は増えていた筈だろうと思った。

然し、娘夫婦は、老いた祖父母に孫を拝ませる人類共通?の慣習から縁遠いカップルだ。


「子供を作らない主義。二人同一の価値観よ」

結婚当初からの宣言だった。「映画やコンサート。美術館巡りにサッカー見物。旅行やドライブ。限られた時間と金銭《おかね》を、そんな趣味に費やしたいの」

「いいんじゃないか」

哲平は、そのうちに金看板は撤去されると高を括っていた。併《しか》し、若いカップルの声明は本物だった。十年が経ち、覚え書きが改まる気配はようとして現れなかった。

彼らの揚げたアドバルーンは、今も高空で悠々と浮かんでいるのだ。

哲平は、猫の額のベランダに立ち、いずれの方角にも広告気球の影を探せなかったが、目に滴るのは泪《なみだ》でなくシャワー後の水滴だった。

久し振りに浴槽《ふろ》の水垢落としに燃えた。腰が痛いぐらいに。特に、床のタイル目地の黒ずみとの奮戦振りでは息が上がった。

小一時間を一心不乱に勤《いそ》しんだあと、短パンに上はランニング一丁で、缶ビール片手に申し訳程度のベランダへ立った訳だが、体型は仁王立ちの勇ましさからは既に遠い。殆ど痩せ狸の二足歩行に近い。

ただ、三階からの眺めは気に入っている。

周りには、まばらな人家を浮かせるように青い稲穂の海が悠々と広がっていた。

軽四と自転車が暮らしの脚だが、無論、この生活の享受は、足腰の無事が必須条件だった。

閑居する彼だが、ふと振り返り、

――何か起こる度に引っ越しているな――

独りごちた。戸外に心弛めるも眉が寄った。

遡ると二十数年前か。妻が元気で家族の一員だった頃だ。彼は、その心算でいた。

折から、娘が翌年に中学への進学を控えた時期に重なった。彼をアドレナリンが見舞っていた。横しまな音を立てて。

四十代半ばの彼に、若い女の影がチラホラ窺え、その血糖量は確かにインシュリンを押し返す勢いに。社では、織機ラインの技術主任の肩書きに在り、バブルの尾っぽ期を迎えた時期に来て、

「新素材の当用ですが、縒《よ》り方は、従来と異なり、力織機とジャガードとの機能を併せて」

県北東部に点在する系列三支社への出張指導に、半月は駆り出されていた。N市で催した播州織の見本市会場で知り合った染色関連の女性と親しくなった。魔が差したのだ。付き合いは一年半ほど続いただろうか。パティシエ修業の彼女の

彼がパリから帰ってくると何となく自然消滅へ向かった。「半年に一度でいいから」未練たらしく出た哲平に、「私に苦い思い出になるようなことをさせないで」呉須《ごす》染め付けで腕を上げる彼女の方が大人だった。

別れの数週間前の頃か、哲平の自宅で一騒動、持ち上がっていた。

年が明けて三ヶ月も過ぎようとする或る夜、

「何だ」

帰宅した彼は立ち竦んだ。「これは――」

食卓に置かれた封書を手に取り上げ、中から滑り出た紙片で更に目を丸くした。

娘の小学校卒業の翌日だ。胸を衝かれた。

新素材の強度や伸縮性に問題はなかったのに、

『新しい人生、生きさせてもらいます。遣り直しです。勝手を許して下さい』

あと数行、書かれていたけれども頭に入らなかった。足元に立ち昇った火の手に、彼は頭が真っ白になる。目に止まったのは、妻の名と判が捺された役所への届けだった。

テーブルに両の拳を突き立て十数秒ぐらい黙念としていたか、気が付くと側に

無遅刻無休で小学を終えた娘が心細げな目で躙《にじ》り寄っていた。哲平の手首を掴み、

「残念な、お手紙」

小さな睫毛を瞬いた。

亀裂の走る彼だが、大きく息を吸い込み、

「取り敢えず、飯を喰いに行こう。とにかく、卒業祝いが先決だ。寿司か、鰻か」

自ら奮い立たせるように哲平は言って娘の肩に手を掛けた。

戸建てをと貯金していた通帳から半額が引き出されていた。

『探さないで下さい。私が、あなたを質《ただ》さなかったように。私の頭上には、きれいなターコイズブルーの空が広がっています。娘の聡美には、謝っておいて下さい。中学校入学は、あなたに付き添いをお願いします。いつか、大人の女どうしとして語れる日が来たら、改めて娘から罰せられたいと思います。私の限界を知らせるつもりですが、当然に罵られる覚悟を。二人の幸せを遠くから祈っております。今日まで、有り難うございました。啓子』

がっくりと屈むうち、妻の足取りに思い当たる所を嗅ぎつけぬでもなかった。

こちらが、平謝りすれば状況を動かせるかも知れない。

いちるの望みを哲平は賭けた。その際、薄もやのかかる前頭葉で刻まれるフレーズがあった。二兎を追う者、一兎をも得ず。

「ひょっとしたら、うちの竹内と一緒に」

Sホテルのレストラン主任《マネージャー》は、恐縮げに口開いた。「料理皿を運んだとき、調理のコツやスープの隠し味など、奥さんと和やかに語り合っていたコック。戸浦さんの目にも」

月に一度のペースで、家族三人はコース料理を食べに訪れ、三、四年が経っていた。

妻の啓子も楽しみにし、家でも真似て拵えたりしていた。そのコックの接客マナーの良さも話題になったが、知らぬ間に、ぷっつりと会話に出なくなっていた。哲平は気にすることはなかった。

――その、付けが来たのか――

哲平は奥歯を噛みしめた。彼の出張プラスアルファの外泊が、その引き金に。

言い繕ったつもりが、嘘は見抜かれていたのだろう。

目には目を。彼は胸を掻きむしったが、

「奥さんが出奔したその三日前だ、計算尽くかな、竹内も此処を退職しているんだ」

哲平とは懇《ねんご》ろの主任は蝶ネクタイを触りつつ言い継いだ。「私が紹介した西宮のイタリアンだが、さっき戸浦さんから電話を貰ったあとに、直ぐ、奴の携帯へ掛けたんだが、どうも番号を替えたのか繋がらなかった。で、仕方なく店の方へ連絡をしてみた。と、何と、あの野郎、面接はしたものの、翌る日から現われなかった、と。俺の顔に泥だよ――」

「女房が絡んでいると見るしかないですね」

「竹内は、外面《そとづら》はいいが、元々流れ者なんだ」

「何処かの街で、待ち合わせを」

「何と答えていいか」

「主任には責任はないですから。迷惑を掛けたのは、むしろ、こっちです」

ホテルの裏口から出た哲平の目を、うららかな早春の陽が不必要にしっとりと包んでくる。雲ひとつない空は皮肉なぐらい穏やかだった。目薬顔負けに目に染みてきた。

彼が娘に引っ越しを相談したのは数日後だった。娘からは、歳なりに状況の輪郭が呑み込めてか、

「お家の衣替えね。あたしはいいけど。もう中学生だし」

さして、荒立てて反対を口にしなかった。

きっと胸を複雑に折り畳んでくれたのだろう。いや、白けていたかも知れない。父の体たらく、母の身勝手、それらを殊更にあげつらうことなく、胸中に全て封じ込めるかたちで。

彼はと言うと、社宅の口を憚ってのことだ。

要するに逃げ出したのだ。不在の妻に関して、いちいち説明するのが面倒で煩わしかったから。男として、人として少しく情けないのは分かるが引き返せなかった。過去と向き合うのが元来、苦手なのだろう。

ひょんなことから妻の消息が知れたのは、それから六年後だった。

賃貸のマンションで暮らしを重ねていたが、娘は高校を終えていた。成績は親より増しだが中の中、普通だった。先で、亭主となる男と出合う医療系の短大の待つ岡山へ旅立つ、その数日前だ。突然に妻の実家から電話が届けられた。

書類上は係わりを没したにせよ、血縁は途切れる筈もなく、娘は時折、隣町の祖父母宅を訪れていた。哲平に、それを咎める気持ちはみじんも無く、その筋合でもなかった。というか、むしろ情緒や感傷《デリカシー》を育て、伸ばして欲しいから彼自ら進んで爺婆の家の門口まで車で連れて行った。又、中学の頃か、夏休みや冬休みには泊まりを促した。尻を叩いて奨めていたが、

「啓子が」

電話口の義母の声は、有体《ありてい》にふるえを帯びていた。哲平は耳を欹《そばだ》てた。「啓子が、タクシーで戻ってきたの。毛布に包《くる》まれて、花柄の。知らない男が運んできたの」

哲平は胸を焦がした。酔いつぶれでもしたのか、或いは、それは突拍子もない想像だけれども、「一緒に来た男を、電話に出して下さい」

彼の瞼にまさかの姿が浮かべられていた。

と、「聡美ちゃんと代わって頂戴」

「その前に、男を。えっと、竹内っていう男だと思うんですが」

「もう、宅には居ません。啓子は、お布団に寝かせて、身内で、仮通夜を。だから、聡美ちゃんを、お願い」

「一寸、待って下さい」

哲平は腰から力が抜け落ちた。止事無《やんごとな》い、彼は辛くも体を娘の部屋へ運ぶと、

「聡ちゃん、婆ちゃんから電話だよ」

動揺を抑え、丁重に声を掛けた。「驚かないで婆ちゃんの言うことを聞いてやって」

「どうしたの、こんな時間に。九時を回っているのよ。老人は横になる時間じゃないの」

直ぐに娘は姿を見せた。スリムパンツに、ざっくりしたニットチュニックの部屋着だが、目許は化粧の練習中か、彼は呼吸を整えてから、「ママが、亡くなったみたいだ――」

凍えて眠れないかもしれない。

ヘッドライトが照らし出す県道に哲平は夜の分泌物を何故か苛立つままに見詰めていた。

助手席にやや土気色の浮かない娘の貌があった。

哲平は、「役に立ったみたいだな」

娘が膝の上に措く温和なしめの軽バッグへちらっと目を配った。ラム皮で黒基調の、パッチワーク柄が可愛い、昨年のクリスマスに哲平がプレゼントした品だが、

「ママ、可哀想」

娘が答えた。「毛布一枚でなんて、ワンちゃんじゃないのに。結局、まっしぐらに生きた筈が行き詰まりへ向かっていたのね」

泪でなく溜息を洩らした。

「そうかもな」力なく哲平は相槌を打った。

すると出し抜けに、「パパが出張がちなのが、ママを別人にした面もあるかも知れないわね。ずっと内証にしていたけど、小学生の頃、何度か、ひどい目に。

叩かれたり、罵られたり。ママの意に添わないことをしたり、言ったりしたら、すぐに着のみ着のまま社宅のベランダや扉の外へ出されていたの。一時間も二時間も。その時分は、友だちの皆も同じだと思っていた。でも違っていた。ママは、時々、酒臭くて——」

哲平は、とりとめなかった。ただ、彼の初耳のそれが娘の将来に何らかの影を落とさねばいいのだがと、今は祈るほかなかった。勿論、一因であった筈の自分の蒔いた種については恥入るばかりだが、彼は、

「けど、結果的に家を出たのがママになったが、時の流れに乗り切れなかったのかな」

前方を走る車の尾灯を見守りつつ言った。

その頭の片隅では六年前、何処かの街の駅頭で男の腕に飛び込む妻の姿を久しく蘇らせていた。更に、小一時間前、娘が伝えた祖母との会話の中味、それを卓の上を片付けるように頭の中で整理する。反芻した。

男が訪ねた部屋で、啓子は虫の息で胸の痛みを訴え蹲《うずくま》っていたという。直ぐに救急車で運び、病院で治療が施されたものの報われなかったらしい。心筋梗塞

による心不全が伝えられたという。それは分かるとしても、ただ、その後、男のとった行動が不可解だ。K市の病院からタクシーへ毛布で包んだ遺体と共に乗り込んだ。その足で、爺婆宅を目差していた。哲平は、男が竹内ではない気がしていたが、

「婆ちゃんの言葉を借りると」

聡美は言った。「若いヤクザみたいな男と」

「想像したくないけどな」

「そんな男《ひと》が好きだったみたい、パパとは違うタイプ。だから、パパとは合わなかった」

「それぐらいでいい。俺が何かみじめになる」

「ごめんね」

後に分かるが男は啓子と知り合って三ケ月のバーテンダーだった上に、所轄署は事件性無しと検分していた。

「爺婆を、どう慰めようかな」

あと十分足らずで祖父母宅に着く。

「パパは、遠慮した方がいいわ」

「どうして。線香の一本でも。常識的には」

「婆ちゃんが動転したままよ。痴呆も進んでいるみたい。終わりに爺ちゃんが出て、パパは顔を見せない方が無難だって。三、四人、親類も来てる、そんな中で、昔のことを、婆さんが蒸し返したら事だと」

「事って」

「パパの浮気の件。ママが婆ちゃんに愚知るのを私も何回か側で聞いていたから」

哲平は腹で唸った。娘が舌を小さく出した。

「恥をかいてもいい。それで、享年四十六のママの供養になればいい。元はと言えば、——」

「駄目。自分で自分の首を締めるようなこと」

殊の外、娘が大人っぽく言った。「あたしが辛くなるのよ。針の莚のパパは気が済んでも、私が観客なのが嫌。パパも悪いけど、ママを拐った男たちも碌でなしばかり。あたしは、それを受け止めている。でも、他人や親戚の人から、あれこれ突《つっ》かれたくないの。パパとだけ、分かり合えれば、いいことだと思っている。駄目かな。パパの気持ちを台無しに――」

月光は顔負けしていただろうか。ＬＥＤに縁取られたコンビニが晧々と流れていく。

夜を恐れず、ただ時間だけが易々と蹂躙されているように映る。仕方なかった。哲平は遠縁らが催す、今夜のその御伽《おとぎ》から弾《はじ》き出されておこうと決めた。娘にとりお邪魔虫なら。

「申し訳ないんだけど、一寸、困ったことに」

「どうした聡美。何があった」

低い調子で娘が電話を寄こしたのは、午後の三時を過ぎた頃だ。窓桟から外したカーテンの丸洗いも、あらかた終わりに近付く時分で、「体調がさ」沈むままに答えた。

「曾祖父の五十回忌は明日だからもう岡山へ飛行機は着いているんだろう」

哲平も不安に染まり、壁のカレンダーへ目をやり不審を口にした。

「そうなんだけど」まるで十代の駄々こね。

「どういうことだ、事故でも」

「それが、今、私、沼津なの。寝ているの」

「何だ、それ、冗談だろう」

「だから、躰の具合が昨日から思わしくなくて」

「けど、昨日の朝、元気に電話を」

「だから、あのあと、しばらくするうち、悪寒に襲われて。立っていられなくなったの」

「おまえ、ひょっとして、あれじゃ」

鸛《こうのとり》か、という言葉を喉元で止めた。と、

「夏風邪じゃないと思うんだけど」

肩すかしを返された。「よく分からないんだけど、体が重くて、微熱もあり、手足の先に少し痺れも」

「大丈夫なのか」

「何年かに一度ぐらい、似た症状が」

「一度、病院へ行って精密検査を」

「まあ、一種の免疫不全症ね。数年前に診てもらった経験はあるの。体を休めて、のんびり休養を取れば収まると思う」

「おまえが、そう言うなら」

ストレス性の自家中毒。子供の頃から癇《かん》を詰めるとしばしば引き付けを起こした。家庭に問題が、とドクターから妻が問われた三十年近い昔を思い出したが、

「でさ」娘が続けた。「パパの家へ帰れない」

「そんなことはいいんだ。躰が一番だ。けど、旦那の実家の方へは、きちんと」

「分かってる。さっき、連絡を。彼と電話で。養生しろって」

「そうか、よかった。心身の回復が先決だ」

「わかってる。でも、ご免ね」

回線の向こうに、しおらしげな娘の表情が垣間見えた。いっとき心を柔らかく湿らせた。

ふと、彼は二度目の引っ越しを思い起こす。

「じゃ、体には呉々も気をつけて行って来い。いい家庭を作るんだ。幸せにな」

「パパもね、——帰ってから披露宴を」

「分かった。けど駄目なら何時でも戻れるぞ」

嫁入り道具も滞りなく送り、海外《イタリア》の旅行先で気に入った街の教会で二人きりの式を挙げると言い残し、駅頭で見送る娘とは、最後の夜となった。

いよいよか、とこちらが涙ぐんだ。

トランクを駅ホームまで運んでやり、哲平は心に背き、無理矢理に笑みを顔にあつめた。

情けない。別れの準備を心で固めていたつもりが、このありさま。

だが、あろうことか、いや、それ故にだ、その夜から十日余りが過ぎた頃である。彼は、よし、と一念発起し、娘に伏せたまま引っ越しを強行突破していた。元来、思い立つと止むに止まれぬタイプだ。バラ色を胸に消え去った娘の残り香の漂う家では何故か冷静に暮らせなかった。静けさが、心臓に突き刺さってくる。

傷口が塞がるのを待てない彼は、自身が抜け殻になった如くで、一種の燃え尽き症候群という奴に陥っていたのだろう。みっともない話だけれども、育てていた積もりが、その娘にじぶんの方が、より多くのものを与えられていたのだ。こっちが、心を支えてもらっていたのだとそのとき初めて気付かされた訳で嘆かわしい。実に貧弱で、お寒い限りの男だった。さてもそんな男に付ける薬があるのか。


「調剤薬局の仕事を少しセーブした方がいいんじゃないか。自分を毀したら元も子もない」

哲平は電話口で改めて娘の躰を気遣った。

「無理よ。一層の高齢化の進行で、益々忙しくなる一方だから」

「じゃ、趣味を削るとか」

哲平は当たり障りなく出たが、

「仕事は生き甲斐よ。子供がないぶん、収入を増し、しっかり納税して社会のお役に立たないとね」

恐らく此の度の体調不良の因は、五十回忌そのものにあるのだろう。素封家だという故の習わしが幅を利かせる集落に我が娘は似合わない。次男ながら、子を設けない主義、そんな息子夫婦に風当たりは強い。腐さぬ手はないだろう。十年過ぎた今、娘はそれなりに虚礼対応を身に付けたと窺えるものの、一方で神経の過敏は、嘘を吐かない。

僅かな沈黙が回線を占めたあと、

「ところで、パパの方は、どう」

娘が話の向きを変えた。「梅雨も終わり、忽ち猛暑。畑を休み家でペンシル画だけの方が」

「大丈夫だ。畑もグランドゴルフも気持ちいい位だ」

「気付かぬ間に熱中症で倒れたら、厭よ」

「分かった分かった。それより、さっき一寸」

「何。口ごもらず、どうぞ」

哲平は少し呼吸を整えるようにしてから、

「気を回し過ぎた事だが、一瞬な」

「ひょっとして、高齢出産とか」

「浅はかに浮かべた」

「何、それ。やはり欲しかったのね」

「そういうつもりじゃない。人それぞれに生き方があるわけで」

「そんな、おざなりを言って、パパらしくないわ。心は別のものを追い掛けているみたい」

「おかど違いだ」

「言ってたわよね。孫が居ないから、爺々にならず、ずっとおまえのパパで居られると喜んでいたじゃない。あれは嘘だったのね。実は、孫を抱いて爺々と呼ばれたかった訳だ。求め、憧れていた。図星でしょう。あら、私、何か元気が出てきたみたい。熱気も消えた様」

　娘が滔々と述べてきた。矢は的の真中を射抜いていた。

哲平は何故に、〝出産〟なる禁句を洩らしてしまったのか。或いは、昼過ぎ大和田和成から貰った電話の故のことと思い返されぬこともないが、

「あ、ごめん」娘が違うトーンで言った。「今、職場の後輩からキャッチが入って。パパ悪いけど、少しこのままで待って頂戴」

「ああ。時間はあり余っている」

哲平は我知らず、声に脱力感の帯びているのを知った。病が、こちらへ伝染したのか。

「家の中が、テンヤワンヤなんだ」

大和田は悲鳴さながらに喋った。「哲さん、昼飯は済んだのか」

「終わったよ。和さんに貰ったオクラも旨《うま》くね」

「他でもないんだが、俺を連れ出して欲しいんだ。嫁が急に娘と一緒に帰って来たのはいいが、先妻との間の長女が孫たちを連れて帰ってきてさ」

「賑やかでいい。そういう幸せに馴れないと」

「この孫騒動は、ラッキーな出来事なのか」

「そうさ。幾ら大金を払っても買えない」

「じゃ、風通しのいい所へは、又、今度かな」

「そうしよう。今なら、山崎の菖蒲園かな」

「今日は、集荷場のバイト代が、孫に消える」

「誉められたことさ。生きた軍資金として」

「ごめんごめん」娘が、ややあり回線へ戻った。「だから、要するに、残念だけど孫のことは、きっぱり諦めてね」

「勿論だ。俺は闇雲に縋る男じゃない」

男は、愚だから幾つになっても玩具のようなものを欲しがる癖がある。夢を追うが、

「あたしだって、分からないわけじゃないのよ」娘が弁解でなく、寧ろ柔らかくこちらを諭すかの口吻を見せた。「孫を抱き、感動で涙を流すお年寄りが居ることを知らないわけじゃない。その意味で、一寸、親不孝かなとも思っている。でも、このジャッジは、神の手に委ねられるべき性質のものじゃないか、そんな気が。決して、体型を失いたくないとかいった動機じゃないからね」

「了解済みだよ」笑いを混じえて応じた。

「その代わり、目一杯、親孝行をさせてもらう」

「そんなこと気にするな。おまえは、おまえの健康と人生に熱心であればいいさ。何しろ」

「何、一寸、聞こえなかった」

「聡美の前半人生に少々、責任があるからな」

「いつまで、拘っているの、黴臭い。私は許してる。パパも、自分を許したらいいのに」

「けど、お前からママを奪ったのは間違いない」

「すでに、四半世紀も前のことよ。皮膚と同化してしまった予防注射の跡みたいなもの。余り気難しく考えないで」

「本当なら嬉しいよ」

痼《しこ》りが解《ほぐ》れる。常々、孫を抱けない寂しさは、娘の言うジャッジなら罰として受け止めていた。中学生の彼女に与えた心の傷の代償だというふうに。あがない、もしくは引き換えだと。

「上手く言えないんだけど」娘が心労から免れた声で言った。「パパの欠損感は、老後の安心感で、穴埋めさせてもらうつもりだから」

「おいおい。どんな論法、方程式なんだ」

彼は泡を食った。「何十年先だ。保険屋か」

「よく言うわ。パパの歳なら、明日にも倒れて不思議じゃないから」

「まだ、七十手前だ。脅かすな」

「もう、七十手前なのよ。古くからその歳まで生きたのは希《まれ》だから、古希と名付けたのに」

「しかし、今日は、追い込むな」

「万が一の時は沼津へ越して来てもらっていいし、私が帰ってもいいわ」

「涙ぐましいことを言ってくれるな」

「何しろ手のかかる子が居ないから」

「脱帽するよ。申し訳ない」

「何言っているの当然よ。いつかパパも歳を取って心身が思うにまかせなくなる。でも介護難民にさせないわ。細《ささ》やかな恩返しでしょ」

「うん？　恩返してか」

「色々とね。中高では弁当づくり。朝、髪の毛を、ぶつぶつ言いながらも毎日、梳《す》いてくれた。学校行事にも仕事の都合をつけて大抵顔を見せた。残業を止め、夕飯づくりに家へ一目散の日々だった。台所が料理本で溢れ、脂で汚れていた。休日は、二人で、お出掛け。映画やコンサート。勉強は、後回し。懐かしいな。野球見物、美術館、泊まりがけでディズニーランドへも。セピア色に薄れてしまったけど、感謝《サンクス》の一言。お陰で、グレている暇がなかった。反抗期も味わえずじまいで――」

膨大な罪ほろぼしのオンパレードだった。

とはいえ、面倒でなく楽しかった記憶しか哲平には残っていない。むしろ、彼の人生で一等輝く、黄金期であったかも知れないのだ。

公平に見て、人として最も真っ当に生きられた十年余であった。怪我の功名だ。

但し、もう一度と唆《そその》かされても、その案には乗れない。

堪忍してもらいたいというのが本音だが、翻り、この父娘は決して雲の上で暮らす二人ではない。自由と掟、それを両翼にバランス良く携えて生きた親子と呼びたい。

彼女が電話の切り際に言い残していた。

「老後も、ありのままでいいのよ」

その言い方は、二年前の流行語大賞を捩《もじ》ったものだ、と笑った。「人は迷惑を掛け合って何ぼのもの。ありのままでいい。ディズニーのアナと雪の女王よ」

そして、どうであれ私が寄り添ってあげるからと付け足した。けれども、彼に別の心配が唐突に過《よぎ》った。

「俺は、いいとして、おまえ自身はどうなんだ。将来的に、誰が――」

回線を閉じる前に、つい気掛かりを質していた。親が子のそれを気遣う必要もないのだが、娘からの返答は売れているお笑いコンビ並みにテンポよく打ち戻された。

「彼と、どちらが後に残るにしても、もし私だったら、心の波乱や落ち込みが収まれば、多分、駿河湾で景色のよいベイエリアに立つシニアレディデンスへでも引っ越しているかも」

「特養の有料老人ホームか」

「民間高品質の。でも、そこそこの歳になった時点で、夫婦一緒に入居を決めるかな」

「ウン千万から、億単位の物件だろう」

「そう。だから、パパも、五百万でも一千万でも私の為に残しておいてよ」

娘は、あっけらかんと言った。

哲平は休戦したくなり、追っ付け電話を了えていた。娘の言い分が、彼の顎にカウンターパンチのように効いた。心では悔いとも苛立ちとも付かぬ苦い感情が広がっている。胸が悪い。凶刃で以て一瞬にして自らの人生を奪われた感覚とも似ていた。正解はないにせよ、金銭が感情面の問題を浮き彫りにするなら、哲平には予想外といえるそれは娘の反応だった。

頭が、昏々《くらくら》するうち、深呼吸で胸騒ぎを均すと、携帯を手に取っていた。何ものかに塗り上げられたじぶんを吐き出さねば平静を取り戻せない気がした。

ネイムデーターから大和田和成を拾い出したが、束の間、彼は立ち止まった。次の動作に移れない。数分間、彼はダイニングの一隅で固まっていた。何をかめぐらせた。例えば、少し大袈裟だが、なけなしの遺産を強請《ゆす》られていると仮に大和田に訴えても、

――今どきだろう――

そんな一言で、バッサリと片付けられてしまう気がした。想像とはいえ哲平は菜圃仲間の一言を柔らかく嚙みしめた。それに大体が十年も二十年も先のことで、

あまりにも些細なことに心捕われた自分が恥ずかしかった。殆ど、戯れの極地だろう。窓辺で洗い上げたカーテンが清々しく初夏の風を孕み揺れていた。風まかせ、その日暮らし。ちりめん皺に被われた面相の彼にして、この気分、カーテンの如くすっきり丸洗い出来ぬものかと馬鹿なことを考えた。

五日後のこと。

「それはさ、良からぬ気持でなく、娘さん流の優しさから出た科白じゃないの」

大和田和成が、内臓を吊り上げるようなことを言った。

山峡に拓かれた菖蒲《あやめ》の湿原へ大挙して訪れていた。グランドゴルフ同好会のうち、男女十数名がマイクロバスを仕立てての行軍であったが、つい話題が過日の一件に及んだ。

「そんな優しさが、あるのか？」

哲平は鵜呑み出来ない。「いけずというか、憎らしくひびいたけどな」

「受け止め方次第か。けど、これ美味いね」

二人は、見物する仲間と離れ、早々と茶屋の床机へ腰を降ろし、口一杯に柏餅を頬張っていた。

「だな。舌触りも甘さも頃合いで」

異論はなかった。「けど、娘のそれは、世間的には、無神経な、おねだりじゃないのか」

「へえ。哲平さんの口から、世間的には、か」

「そりゃ、事柄に拠るだろう」

咲き乱れる花菖蒲。紫色の眩い海原に映るが、ときに剣状の葉が誰かさんみたいに心を一突きしてくる。

「ほら、四日前、市民ファームで別れた後」

湯呑みを一口傾けてから大和田がつづけた。「僕の長女が孫二人と帰って来たとき」

「覚えてる。今の奥さんの子と、大集合で」

「そう」大和田が、したり顔で頷いた。

「ん？　それが、どうした」

「だからさ」得意げに、畳み掛けた。「それと同じだよ。哲平さんの娘のアプローチは言うなら一千万の約束手形みたいなもの。それがプチストレスになって哲平さんを僅かに萎えさせた。でも、僕に言ったよね。プチストレスは幸せだと思えって。今、そっくり返すよ。娘さんは言外に、あんたに、もう一踏張り元気で生きてね、とメッセイジを添えたんじゃない。彼女は、サプライズの宝庫だな」

「今風の老人ケアか。ブラックユーモアに過ぎるだろう」

「まあ、善意の企《たくら》みかな」

一般の介護神話に捉われない娘ならではの申立てと解釈するべきなのか、雲が湧き立ち、盛夏の訪れを知らせるように綿菓子のシルエットをつくって憎めなかった。

失望するには値しないのか。どこからかシトラス（柑きつ類）の香が花の匂いに紛れて流れてくる中、哲平はふだんの自分を取り戻していた。

帰りの中型バスの車内で、ひとつ上手くはないカラオケでも唄ってみるかと少々上気したとき、

「いじけているよりさ」大和田が被せた。「今後は親の驕りを捨てて生きた方が

楽だよ」

哲平は笑をこぼし、「娘など抛ったらかし」

「そうだよ。背筋をのばして、袖を捲ってさ」

「自己抑制なんか忘れて」

「いい女《ひと》を見つけて、まだ、落日じゃなし」

「男女の執着に背を向けていたら駄目かな」

「罪つくりをしないと、老け込む一方だよ」

「けど、近所迷惑だろう、羽根の生えた老人は」洒落でなく、素朴にそう思う。

哲平は大和田と同じように還暦を目の前にした一昔前の頃、一方的だが気になる女性が居なくもなかった。あのとき、思い切って舵を切り方向転換をしていたらどうなっていたか。しみじみ振り返る。今の境遇とは少々、違っていたかも知れない。尤も、喜びと苦悩は、いずれの状況でも付いて廻るとして、結局、彼が尻込みをする道を選んだのは、

「あたしが、老後の面倒を看るから、偶然のロマンスには目を瞑るけど、再婚は我慢して」

岡山へ向かった十年前、駅頭での別れ際、幸か不幸か娘に太い釘を刺されていた。

哲平は、ぼんくらに厳守してしまった。

古い仕来《しきた》りが嫌いなくせに、娘はそういうところは意外に古風だった。先々、娘からの介添えの有無はそのときを迎えてみないと分からないものの、彼は只、娘の面目を立てたいだけだった。

未来については野となれ山となれという心持だが、

「哲さん、ぼちぼち」

大和田和成が腰を浮かせて言った。「列へ戻ろうか」

「OK。あの石橋の際《ねき》で記念撮影をすると言っていたな」

「確か、そうだった」

一服を済ませた二人は揃って床几から尻を上げた。同好会の仲間たちが、軽鴨《かるがも》の引っ越しのようにずらずら畦道を渡っていくのが望めた。

と、哲平の眼差しが何やら魂を得た如く、光り潤んだ。それは、

「結局、別居することに決まったの」

娘の告白でなく、来しなの車中で零した皆からマドンナと慕われている五十代半ばの女性の姿を、嘲笑《わらわ》れるかもしれないが橋の袂に垣間見たからだ。おう、花菖蒲よ。

俳句好きが吟行するように哲平はペンシル画の構図をつらつら浮かべていたが、ふいに全てを脳裏から剝ぎ落としていた。

新谷康陽

愛のかたち

「ここ、いいですか？」多分、その男はそう訊いたらしかった。私はL形に設えられた背の低いソファの入り隅に当たるところに腰を沈めて、窓の方に顔を向けていた。意識して何かを見ていたわけではなく、ただ陽光の欠片を散りばめた海が眩しかったのを憶えている。

「最近、母を亡くしまして」

私は少しだらしなく見えるはずの姿勢を変えないまま、男の言葉を聞いた。男はしかし、その後を続けなかった。私は喉の渇きを覚えてテーブルにあるグラスに視線を落としたが、手を伸ばすのはやめた。私が姿勢を変えたのを合図に、男が身勝手なスピードで身の上話を語り始めるに違いと考えたからだった。

突然、視界に桜色のカーディガンが現れた。松田リツコだった。ワイングラスを小さく掲げてカーディガンに合わせてコーデしたと言っていた唇を動かした。私はうまく出来たかどうかわからないが口元に笑みを見せて、彼女の唇を読み取ろうと身を乗り出した。手振りも加えて要するに「もっと会話して、楽しんで」

ということだったらしい。

私は左手を軽く上げて応え、そのついでに右手でグラスを引き寄せた。職場でリーダー的な存在のリツコが予想通り盛り上がっている姿に苦笑しながら喉を潤したあと、きっと彼女のあからさまなお節介に気づいているはずの男を見た。と、男はソファの背もたれに上半身を預けて目を閉じていた。いわゆるスポーツ刈りに切り揃えた癖のなさそうな頭髪を頂いた額は広く、それが無防備に寝息を立てる凹凸の目立たない顔を幼く感じさせた。

リツコからマチコンに誘われたのはひと月ほど前、二月半ばのことだった。半年ほど前から勤め始めた大型ホームセンターで、ようやく他の社員との距離感が摑めかけてきた頃だった。リツコが八年前の出店時からの正社員でレジ担当の主任として女性スタッフのまとめ役であること、うまく付き合っておく方が勤務シフトで融通を利かせてもらえること、などを私はそのころすでに学習していた。

「今回は、G工業のエンジニア集団よ」リツコのふくよかな頰が両目を押し上げていた。「秋山さんが来てくれると、ちょうど五人になるの。ね、行こう」

リツコの、体積では四分の一くらいの小柄な小林が私の制服の袖を摘まんだ。

隣町にある、内海を望むホテルのガラス張りのラウンジを借り切って、ビュッフェ形式の昼食を摂りながらの集団お見合い、ということらしかった。

「来月のお彼岸の三連休の頭だからね」リッコは私の答えを待たずにうれしそうに言った。「リッコさんに誘ってもらえるってことは、職場の仲間として受け入れられたってことよ」と、さも知恵者の参謀然とした口調で小林が囁いた。

三連休といっても、バツイチ・子なしの自分にこれといった予定はなかったから、家族のある女性社員の代わりに休日出勤するほうが生活費の足しになるだろう、程度のことしか考えていなかった。若い頃なら軽い気持ちで応じたかもしれなかったが、離婚して一年も経っていなかった私は、乗り気ではなかった。

迷って数日答えを留保しながらも、結局のところ私はリッコの誘いに従った。断わると職場での居心地が悪くなるのではと考えたからだった。

しかし、当日会場で顔合わせをした時点で、私はひどく後悔した。それは獲物を物色するような視線を送ってくるだろうと想像していた男たちにではなく、リッコや小林ら私以外の職場仲間の異様な意気込みを、身には不釣合いに派手な化粧や衣服、小物に感じ取ったからであり、スキニーパンツにベージュのアンサンブルという地味な格好をしていた私が妙に浮いていたことと、そうでありながら男たちの目にはほかの四人と同じように飢えたメスのように映っているのだろうと察知したからだった。

一方、八人いた男たちは総じて中性的、消極的で、普段から人間よりもモノと接することに馴れているだろう技術者らしく、私たちを珍しい飛来物のように遠目に眺めているだけだった。しかし、それは数合わせで参加した私にとっては却って有難いことだった。

立食用の丸いテーブル三つを囲んで、男たちから自己紹介が始まった。皆が三十代半ばから四十代半ばで私たちと同世代だった。私は女性陣の最後に「みんなと同じ職場で経理事務と在庫管理を担当している秋山尚美です」とできるだけ明るく声を張った。フリータイムになると、私は円卓を離れ、アイスコーヒーを手にして、初めから目をつけていたソファに腰を下ろしたのだった。

「大谷さん、帰りますよ」

確か一番年少者だった男が、私の隣で静かな寝息を立てていた男の肩を揺すった。

「すみません、最近忙しくて、先輩も今朝まで夜勤だったもので」と言った若い男の口元が申し訳なさそうな笑みを浮かべた。私は小さくお辞儀してその場を離れた。


四月初旬のある日、私は早番で二時過ぎに勤務を終えると、職場の駐車場に自転車を置いたまま、近くの川の土手をぶらぶらと歩いていた。

傍目にはだらしのない足の運びに見えただろう。目元も口元も緩みっぱなしだったに違いない。そう気付いてはいても、岸辺に咲き誇る薄紅の花々は霞か雲か、綿菓子の行列かと思わせる風景が、私の心を浮き立たせていた。

上向き加減に歩く私の目の端に、小さな影が飛び込んで来た。二歳くらいか、まだバランスの悪い体型の男の子が、母親の呼び止める声も聞こえぬ風に、危なっかしく小走りに近づいて来た。私は頬が強張るのを感じた。狭い土手の小道には手摺などなく、足を踏みはずせば斜面を転がって、運が悪ければ桜の幹に体を打ちつけるか、五メートル以上も下の河原にまで落ちてしまうだろう。不吉な映像が私を揺さぶった。

私はつい、早足になった。「ねえ、落ちないで」私の口から飛び出した言葉に、子供が立ち止まった。きょとんとした顔を見せたかと思うと、母親を振り返った。私は目眩に襲われ立っていられなくなった。


大きな雨粒が軽自動車のフロントガラスを叩いた。「洗濯物、濡れちゃうわ」私が言い終わらないうちに、「また赤信号。トイレに行きたいときに限ってこれだもの」と義母が何度目かの言葉を舌打ちとともに、後部座席から吐いた。「車に乗る前にしておけばよかったんだ」夫の正史もその都度同じ台詞を返した。

「あなたもわかるわよ、年を取るとね…」

ハンドルを握る私を焦らせるだけの親子の会話に突然の夕立が加わって、私は苛立っていた。四歳になるのを前にようやくオムツが取れたばかりの純一は、新しく郊外にできた自然公園で走り回って疲れていたらしく、眠っているのか声がしなかった。

自宅のカーポート前でシフトをバックに入れたところで、助手席の後ろにいた義母が私の肩を叩いて「いいわよ、ここで降ろして」と早口で言ったあと、右手後ろのドアを勢いよく開けて外へ飛び出した。私はせっかくの休みに干した洗濯物が黄砂混じりの雨に汚れてしまうのが気になって、「まったくお袋の我儘には、実の息子の俺もくたびれるわ」という正史の暢気な言葉を無視して、車をバックさせた。

焦っていたせいか、手馴れた車庫入れなのに、車道とカーポートの土間との段差をタイヤがうまく越えてくれず、それでも何度かハンドルを切り返しアクセルをふかして、ようやく車を納めたあとドアを開けながら、「あなた、純一をお願いね」と後部座席に目をやった。しかし、そこに純一の姿はなかった。「後ろ、誰もいないぞ」とやはり暢気な口調で正史が答え「お袋が一緒に連れて出たんじゃないのか」と付け加えた。正史のその間延びした声が終わるまでに、私の頭の中でほんの数分前に目にした光景が早回しの映像のように浮かんでいた。右から降りるほうが玄関に近いから義母は右側のドアを開けた。しかし、それにはたぶん眠っていたはずの純一の体が邪魔になったはず…。

私は車を飛び降りた。そして、目にしたのは、青い靴と灰色のコンクリートに流れる赤い血と、黒い後ろタイヤの前で横たわる小さな純一の汚れた下肢だった。

事故の後処理が終わってふた月ほどして、私は家を出た。

元々義母との折り合いは良くなかった。同じ職場で働いていた三歳年上の正史と結婚すると同時に義父母と同居を始めたのは、私が三十二歳のときだった。二年間子に恵まれず、ようやく純一を授かったのと前後して義父が脳血栓で倒れそのまま亡くなった。「不思議なものね、男の子よ。あの人の生まれ代わりね」などと言って義母が殊更純一を甘やかすことにも、家事についての意見の食い違いにも、そんな二人の水面下での諍いに気付いていながら不干渉を決め込む正史にも常に苛立ち、ストレスを抱えて来たのだ。そしてあの事故であった。

事故直後、私たちは警察から事件と事故の両面で幾度か事情を訊かれた。あれが事件であれ事故であれ、警察にとってみればある結果を生じさせた原因つまり加害者が必要となるらしく、車を降りる際に純一を抱き上げながら玄関ドアの脇に立たせたままトイレに駆け込んだ義母と、そうとは知らず後方確認を怠って純一を轢死させた自分とのいずれに罪があるのか、偶然なのか故意なのか、動機は、共同正犯としていずれが主犯か…。

義母は自己弁護に終始した。常日頃あれほど甘やかしていた孫を失い、その死に自分がたとえ指一本分でも関わっていたという自覚があれば決して取れないだろう態度を貫いた。私は科せられる罪が何であれ受け入れる覚悟だった。どんな刑も純一を失った罰よりも重いものはないとわかっていたからだった。そんな中、傍観者を決め込む正史との離婚を私は決意した。

結局、誰も逮捕されることなく不起訴処分の決定が下った。数日後、私は正史に離婚を申し出、彼も止めなかった。「子は鎹《かすがい》か。オヤジがよく言ってたな」そう呟いただけだった。

「辛かったら帰っておいで」純一の通夜の後で両親がかけてくれた言葉だった。めったに顔を合わすことのない義母との僅かなやり取りで、両親は嫁ぎ先での私の立場に少なからぬ違和感を覚えたようだった。私はその場では断ったものの、行く当てなどなく結局そのときの言葉に甘える形でひとまず実家に身を寄せた。

しかし、そこには兄夫婦と中学生の甥と姪が同居しており、私のために兄が空けてくれた部屋はそれまで姪が使っていたもので、私のせいで思春期の兄妹がひとつの六畳間で寝起きすることになってしまった。実家の誰もが傷心の私を温かく迎え入れてくれたが、私の居候が長引けば家族とくに兄夫婦の間に不要の諍いをもたらすに違いないと、私は恐れた。

「焦らずに、体と心を休めてから」と皆が言ってくれたが、私は次の日から勤め先を探しに出た。古くてもいいからアパートを借りたい、そのためにはきちんとした収入が必要で、だからこそまずは職を見つけなければならないとの思いだったが、希望する事務職員を募集している会社は簡単には見つからなかった。

半月ほどが経って、私は「思い切って、姫路に出ようと思う」と両親らに話した。実家のある田舎町よりは五十万人都市の姫路市のほうが住むところも働く会社も見つけやすいだろうと考えたからだった。両親は思案顔だったが、銀行に勤める五つ年上の兄は賛成してくれ、アパートを借りるときも職を見つけたときも身元保証人になってくれたのだった。

その年のゴールデンウィークは雨に祟られていた。家族持ちの多くの同僚たちと違って気ままな独り身だから連休中の勤務も苦にはならないが、自転車通勤とあって雨にはいつも閉口させられる。しかもその日は久しぶりの晴天という天気予報を信じ、雨具の用意をして来なかったところ、帰宅途中に急に降り出した。

雨は嫌いだ。特に急な降雨は、あの日のことを連想させる。私は雨粒と夕暮れに追われて逃げるようにペダルを漕いだ。と、青信号を渡り切ろうとしたところで、信号機の柱の陰から急に立ち上がった人影に思わず急ブレーキをかけ、つんのめって転ぶ寸前で、その人影に自転車ごと抱きとめられた。

「ごめんなさい」詫びの言葉が衝いて出た。「いや、僕のほうこそ申し訳ない」答えた男の顔は歪んでいた。私は歩道の脇に自転車を停めて彼を見遣った。左膝の辺りを両手で押さえている。私も左手首に痛みを感じながら、彼に歩み寄った。

「大丈夫です。しばらくすれば治まりますよ」そう言った彼の丸まった背中は銀色の柱にもたれかかっており、柱を伝って落ちてくる雨水に彼の背広が黒く濡れている。

「しばらくと言っても。そう、すぐそこに喫茶店があります。あそこで休みましょう。休んでください。それで痛みがひかなかったら、病院に行きましょう」

私は思いつくままに言い、彼の脇を抱えた。

雑貨店を兼ねたその喫茶店には私たち以外、客の姿はなかった。窓を背にしたベンチシートに彼を座らせ、私は彼に向き合う形で木製の椅子に腰掛けた。

「どうですか？　膝」私は恐る恐る彼が手の平で押さえている部位に視線を落した。彼もゆっくりと手をのけて膝を覗き込んだ。膝が赤い。

「少し腫れているような…」私は喉の渇きを覚えて、いつの間にかテーブルに置いてあった水を口に含んだ。彼はまるで他人事のように「子供のころ遊んでて転んだときみたいだな」と言ったあと、肩を揺らしながらククククッと喉の奥で笑った。私は彼の無邪気な顔に少し安堵した。

いつの間に注文していたのか、コーヒーが運ばれてきた。ひどく熱いコーヒーだった。静まり返った店内に居心地の悪さを私が感じ始めたとき、彼が言った。

「年明けに母を亡くしましてね」

私は彼の顔を見た。彼の凹凸のはっきりしない顔はやや上向き加減で、目は閉じられていた。私はどこかでそんな光景を見たような気がした。いつだったか、誰だったかと考えを巡らせていると、

「今日がちょうど百か日で、かといって正式に法要まではしなかったんです。ただ、花くらいは供えておこうと」

彼は首を左に捻って、窓の外を見た。信号機がある方向だった。「母はあの横断歩道で亡くなったんです」と彼は言い、急に「大丈夫ですか？」と声を変えた。私は無意識のうちに右手で左手首を擦っていたらしい。彼がテーブルに置いた私の両手に視線を送っていた。

「そうだ、僕の名刺、渡しておきます。裏に個人の携帯番号を書いておきます」彼は上着の胸ポケットからペンを取り出し、手を動かしながら「手首だけじゃなく、どこか痛いところがあとから見つかるかもしれません。そのときは連絡下さい。治療費とか、言って下さい」と続けた。

私は躊躇したが、とりあえず名刺は受け取った。大谷雄二とあった。「治療費なんて。私の前方不注意もあったんです。あなたの方がひどそうだし」と言った私に、「どうだろう。うん、だいぶ痛みもひいてきました」と、彼は左脚の膝から下を宙に浮かせてブラブラさせながら、明るい声で言った。

外に出ると既に辺りは暗くなっていたが、雨は止んでいた。自転車を取りに戻ったとき、信号機の柱の足元にセロハン紙に包まれた花束を見つけた。薄明かりの中にダリアが目を惹いている。

「母が好きだったんです。僕には花のことはよくわからないんですけど」そう言ったあと彼は「僕はこっちです。お気をつけて。何かあったら連絡下さい」と軽く会釈し、東に向かって横断歩道を渡って行った。まだ左脚をかばっている歩き方だった。

私は彼の背中に「ありがとうございます」と声をかけて、もう一度花束を見た。量販店やスーパーで買ったものではないらしい、丁寧な設えだった。私は（これも何かの縁）と、しゃがんで手を合わせた。

連休が明け、私は職場の食堂でいつもの顔ぶれと昼食後のデザートを摘んでいた。連休中にそれぞれが旅先で買い求めた土産の品を振舞ってくれたのだ。珍道中談や旅館での夫婦の痴話喧嘩を我先にと機関銃のように浴びせられ、笑い疲れた私に「とにもかくにも秋山さんが連休の間、頑張ってくれたお陰だわ」とリツコが柄に似合わぬ神妙なことを口にした。「ほんと、ほんと」と小林も倣い、私が応じようとしたところで、「それはそうと、三月のメンバーとのリンクがすっかり途絶えたわ」と、さもがっかりといった風にリツコが言い、一瞬困ったような表情を見せた小林がすぐに「この間のＭ社に期待してますよ、私は」と笑顔で答え、「Gはエンジニアで、やっぱ普段から機械相手の人間は難しいですよ」と継いだ。

私は（三月のコンパのことだな。で、この間のということはまた別のグループと？）と覚《さと》ったのと同時に、ソファで無邪気に眠る彼の顔が浮かんだ。私は「お手洗いに」と言ってテーブルを離れた。

トイレに向かいながら、はっきりと気づいた。喫茶店で、どこかで見た光景と感じたのはデジャヴゥではなく、あの海辺のホテルで彼の顔を見ていたからだったのだ、と。従業員用のトイレに入って鏡を見た。目元と唇だけに手を入れた、いつもの私の顔があった。でも、少しだけ口元が緩んでいた。不思議な感覚だった。少し頬が紅潮しているようにも思えた。

その夜、私は携帯電話を握っていた。目の前に置いた名刺に目を遣りながら、呼び出し音がひどく長く感じられた。「はい」ややぶっきら棒な声だった。「夜分にすみません、大谷さんですか」私の問いかけに彼は警戒心を解かぬままの声で「そうですが」と答え、こちらの言葉を催促するように黙った。仕方なく「先日、自転車でご迷惑をかけてしまった…」とまで話したところで、「ああ、あのときの。どうしました？　痛みがひどくなったんですか？」

彼のトーンが急に上がって、私は携帯を耳から少し離した。

「いえ、そうではなくて、あなたの膝のことが気になったものですから」私は内心おどおどしながらも、職場で客に接するときのように事務的に告げたつもりだった。

「大丈夫ですよ。二、三日湿布をしていたら治りました。腫れもひいています。そのことでわざわざ？」

そう問うた彼の冷静さに、私は少し焦りを覚えた。

「どう思い返しても、あなたのほうがひどい怪我だったと。実はあのあと自転車のライトが割れているのに気づいて。きっと破片でも刺さっているんじゃないかと」

先刻湯船に浸かりながら思いついた言葉だった。

「多少の傷は。けど、ライト、壊してしまってたんですね」「いえ、それは気にしないで下さい。あなたの怪我が大したことなくて良かったです」「手首は？」

「全然」「それなら良かった」

沈黙があった。継ぐ言葉はもうなかった。（なんでこんな電話したんだろう？）後悔にも似た思いが頭をもたげた。

「怪我といえば、あそこのコーヒー熱すぎて、舌を火傷しちゃいましたけど」彼の声は朗らかだった。凹凸の少ない顔が浮かんだ。誘われるように「ですね」と、私も明るく応じた。「今度、おいしい本格的なコーヒーをご馳走しますよ」

思わぬ言葉だった。私は戸惑った。私は彼にまた会うことを期待していたのだろうか。だとすれば、ひどく軽々しい電話だったのではないか、と。しかし、彼の言葉は屈託がなかった。「今週はバタバタしてるので、来週末あたりならお誘いできますよ。コーヒーはお嫌いじゃないんでしょ？」「ええ、まあ」「じゃあ、詳しいことはまたこちらから連絡しますね」「はい」彼の無邪気と言っていい話し振りに引っ張られる形で、私は名刺に向かって頷いていた。

携帯をテーブルに置いて天井を見上げた。彼の膝を心配していた？　コーヒー好き？　私は目を閉じて自問した。昼間、鏡に映った自分の上気した顔が瞼に浮かんだ。恥ずかしかった。でも電話したことを後悔する気持ちは、不思議なことにもうなかった。目を開けて壁のカレンダーに書き込んだ勤務シフトの文字を追った。連休中に連続出勤したお陰で、五月第三週の週末は連休だった。私の中に小さな灯りがともった。

待ち合わせ場所は先日の喫茶店の裏の駐車場だった。簡単な挨拶を交わした後、彼のシルバーのセダンの助手席に乗った。車中はぎこちなかった。最初に「名前を聞いてなかったですね」と問われ答えたあとは、お互い晴天を喜び合った。名乗ってもコンパのことを思い出さないだろうと予想していたとはいえ、私の名前を聞いても「秋の山ですね」とだけ返した彼が可笑しかった。そして、お互いの怪我については「もう心配いらないですね」ということに落ち着いた。

彼の話していたコーヒーショップは待ち合わせ場所から二十分ほど走った場所にあった。彼は馴染みらしく入るとすぐにカウンター席を勧められていたが、軽く片手を挙げて奥のボックス席へと私を誘った。

ウェイトレスにその日のコーヒー、ドン・ファンを注文したあと、彼は俯いてしばらく言葉を発しなかった。私は紙おしぼりで手を拭き、水を飲んで、言葉を探している風の彼を待った。

「そもそも、なんですが」顔を上げた彼は恥ずかしげで、早口だった。「秋山さんは、独身、なんですよね」

「え?」私はきっと素っ頓狂な声を上げたに違いなかった。すぐに、彼がコンパのことをまったく憶えていないことを思い出し、「ええ、まさか独身でもないのに、軽々しくあなたの車に乗ったりしません」と返した。冗談交じりのつもりであったが、それが彼に通じたどうか。彼の表情を追う私に、

「確かに。こちらから誘いながら、あとになってどうなのかって。きっと僕と同じような年齢で、ということは旦那さんやお子さんがいてもおかしくないな、と」

吹き出しそうに可笑しかくなった。上気した彼の顔を見遣りながら、私は彼の顔や声、話し方などが嫌いではないなと感じた。同時に悪戯心が働いた。

「あなたは、」詰問になってはいけないと、口調を改めた。「大谷さんは、奥様は?」「いません。というか、交際と呼べる経験もなくて」

そこへコーヒーが運ばれてきた。「ごゆっくり」ウェイトレスの含みのある言い方に、彼は唇を歪めてぎこちない笑顔を向けた。

「母ひとり子ひとりの家庭で…」彼はカップに手を付けず、話し始めた。

五十代半ばで認知症に陥った母親の面倒を見ながらの生活だった。一月下旬の暖かく晴れた休日に、時々そうしてきたように母親を散歩に誘い、例の交差点で信号待ちをしていたときに事故が起こった、と。

彼は時折顔を上げたが、私には視線を送らず、遠くを見ているような目をしていた。私はグラスの水を口に含んだ。

「ああ、ごめんなさい。コーヒーを飲みましょう。何だか話が変な方へ行ってしまいましたね」

彼に倣ってカップに口を付ける。

「要するに、仕事とお袋の世話で、女性と付き合うチャンスも時間もなかった、ということにしておきましょう」彼の声は朗らかだった。

「おきましょう?」「ええ。同じ職場でもちゃんと家庭を築いているひとがいるっていうことは、本当は仕事のせいにしてはいけないんだろうと。結局のところ、僕自身に何らかの原因があるんだろうな、とも」「何らかの?」「もちろん自覚もないし、本格的に付き合ったひとがいないのでよくわからないけど、女性に受け入れてもらえない何かがあるんだろうなあ、と」

ドン・ファンの苦味のあとにほのかな甘みが鼻孔を抜ける感じがわかってきた。

「そんな風には思えませんけど」と、彼を見た。彼は複雑な表情を見せた。その表情の意味が読み取れない私は視線を落とした。

帰りの車中、彼は、人付き合いが苦手で機械設計のエンジニアになったこと、高卒ということもあってか大卒の後輩が上司になってしまっていることなどを自嘲気味に語った。

時折横文字や専門用語が出た。私は分からないままに適当に相槌を打った。彼はまるで学校であったことを話す子どものように饒舌だったが、赤信号で停まると、ふと「そういえば、お互いいつの間にか敬語を使わなくなっているね」と言ったが、私もまた親しみとは別の感情――懐かしさとも温かみとも違う何か――が自分の中に生まれているのを感じた。

「もう少し先かな?」

問われて顔を上げると、自宅アパートのすぐ近くだった。私はアパートから一本手前の通りで車を停めてもらった。

「ありがとう」と短く礼を言ってドアを閉めようとしたところで、彼が「また会ってもらっても…」と声をかけてきた。「ええ、いいわよ」。私はわざと冗談交じりに鷹揚な口調で言って頷いてみせた。そして「楽しかった」と付け加えて小さく手を振った。

彼の車が次の角を折れて見えなくなるまで、私はそこに立っていた。「楽しかった」と言った自分の声が耳の奥でリフレインしていた。彼と会う約束の電話をしたときすでに灯っていた小さな灯りが、大きくなっていた。

彼と次に会ったのは、それから三週間後の、六月半ばの平日であった。自宅から車で一時間ほど走ったところにある花菖蒲園を私がリクエストした。俵形のおにぎりに玉子焼き、ウィンナー、ポテトサラダというありきたりの弁当を、彼は美味しそうに頬張り、「うまい、うまい」と連発した。

私たちは写真を撮ったり何でもない会話をしながら園内を歩き回った。花菖蒲の様々な色や形、美しい花弁や珍しいコンビネーションの色合いを見るたびに、「二人とも仕事の都合がうまく嚙み合って、平日に来られてよかったね」とくり返し同じことを言い合った。

園内のベンチに並んで座り汗ばんだ首筋ハンカチで押さえていると、水色とピンクのスモックの集団が視界に入った。幼稚園の遠足らしく、三十人ほどの園児を四、五人の女性教員が引率している。私は園児の列からやや遅れ気味のまだ足元の覚束ない水色のスモックに目を囚われた。ひとりの教員の腕にぶら下がるように歩いていたかと思うと、脚にしがみついてぐずっている彼が純一と重なった。

「帰ろうか」硬直した私に声をかけ、彼は擬木を並べた階段を下って行った。彼の意図がわからぬまま私は黙って彼の後ろに従った。広いアスファルトの道に出ると彼は歩を緩め、「ごめん、ちょっと気分が…」と小さな声で言った。私よりも息が乱れていた。

園の出口をくぐり、紫色の穂状の花を宙に浮かせたようなスモークツリーの前に出た。「お袋は最期に僕の名前を呼んだんだ」と言った彼の目は虚ろだった。人のまばらな駐車場に向かう坂道を下りながら、私は彼のくぐもった声を胸に沈めていた。

例の交差点で信号が変わるのを待っていたとき、車道の向こうの歩道を歩く園児の列に気付いた母親が、急に彼の名を呼んで横断歩道を渡り始め、勢いよく走って来たトラックにはねられた。彼は突然のことでなすすべがなかった、と。

「お母さんは園児の列に大谷さんの姿を見たと思ったのね。だから名前を呼んだんでしょ？」

坂が平坦になったところで、私は言った。彼は答えずに車のドアを開け、運転席に乗り込んだ。私は助手席に座り、エンジン音のあと彼に倣って窓ガラスを半分ほど下ろした。

「認知症のお袋は、僕が小さい頃に生き別れた兄貴と僕との区別がつかなくなってしまって、僕のことを兄貴の名前で、シゲルと呼んでたんだ」

彼は独り言のようにぼそぼそと言う。

「そのときはじめて」ハンドルに上半身を預けた格好の彼は苦しそうだった。

「お袋は僕の名前を呼んでくれたんだ」

「大丈夫？」私は彼の背中を右手でさすった。そうせずにはいられない何かを私は感じていた。

「申し訳ない、せっかくのピクニックだったのに。さっきの子どもたちを見て、つい」

「ううん、楽しかった。お弁当も、あんなに美味しそうに平らげてくれて」

私は彼の顔を覗き込むように答えた。

彼は目を閉じた。唇を噛み締め、すぐに顔全体が歪み始めた。私の手が彼の頬に伸びた。同時に、彼の上半身が私に抱きついてきた。彼は泣いていた。私のお腹に彼の嗚咽が地響きのように伝わった。彼は子どもになっていた。無垢で、弱くて、うまく感情が抑えられない幼な子のようだった。私は彼と一緒に泣き、彼と純一が重なった。

ハンドルを握る彼は黙ったままだった。私は激しい運動の後のような脱力感のなかにいた。私は純一を亡くしてから一年近く経ったこのときまで、声を上げて泣いたことがなかったのだった。きっと彼も同じだったのだろう。家族もなく、親しい友人はいてもこんな哀しみを話すことはできなかっただろう。

胸が苦しいままに、私は呟いていた。

「あなたの部屋を見たい。一緒にいたい」

彼は短く「うん」とだけ答えた。

彼の部屋のソファに体を埋めた私は、彼がぽつりぽつりと話す言葉に耳を傾けた。

「お袋を亡くしてから、それまでは記憶になかったはずのお袋とのやり取りが思い出されて…」

彼が十歳になったころだった。その日母親はひどく機嫌が悪く、夕食時になっても灯りも点けず暗い台所でじっと座っていた。彼が恐る恐る声をかけると、母親は彼を睨みつけるような目で言ったらしい。

「気がついたとき、お前は五か月になってた。シゲルを産んですぐだったから気付かなかったのよ。あのひとに話したら何て言ったと思う？『金もないのに恥ずかしい』だって。どう思う？　仕方ないでしょ、五か月よ。だから私はお前を産んだのよ」

そう話したあと、彼は口元に引きつった笑みを浮かべ「いま思えば、ひとりで僕を育てていて、あのころお袋は精神的に参ってた時期だったんだろうな」と継いだ。それから、彼は右手の甲に残る小さな火傷を見せて「母親の躾だった」と話し、私に向かって突然「親から刃物を向けられたことがあるか？」と尋ねた。

私は驚いて頭を振った。その勢いで涙が散った。

「まだ小学生のころ、学校から帰宅すると、お袋が台所の流しで小さなうめき声を出しながら洗い物をしていて、心配になってお袋の手元を覗き込むと…」母親は指に洗剤液をつけて指輪を引き抜こうとしていたらしい。そして急に流し台から包丁を取り出すと、「雄二、お母さんの指を切りなさい。さあ早く。この指輪でもお金に換えないと、今日の晩ご飯もないのよ」と言って、彼に包丁の先を向けた、というのだ。

「もうやめて、お願いだから」私は彼に抱きついて、声を上げていた。「考えてみれば、そのころのお袋って三十そこそこなんだよな。いまの僕より若いんだ。いろいろとしんどいこともあっただろうなあって。けど、こんなことをお袋が亡くなって、いまごろになって、なんで思い出しちゃったのかな」

彼は私の腕の中で弱々しく呟いた。母親を責めることなく自分を責める彼に、私は「もういいのよ、もういいの」と何度も彼の背中を、頭を、撫でながら繰り返すほかなかった。

もし、魂となった純一が私ではなく、純一自身を責めることがあれば、私はいたたまれない。あの子の将来を奪った私を恨んでほしい。地獄とやらに突き落としてほしい。それであの子の魂が救われるなら、と私は彼を抱きしめながら祈った。

目を開けたはずだが、私は暗闇の中にいた。右の脇に硬いものがあった。彼の額だとすぐに気付いた。彼は私の小さな乳房に顔を押し当てて、静かに寝息を立てていた。私は彼を起こさないように気をつけながら、そうっと彼の髪を撫でた。

前夜の彼の声を辿りながら、彼の来し方を想った。まだ語られていないページがたくさんあるように思えた。私は自問自答した。彼のすべてを受け止めることができるだろうか、いや、受け止めてあげないといけないんだ、と。一方で不安も頭をもたげた。まだその存在すら教えていない私の物語を、私が彼に語って聞かせるときが来るのだろうか。彼はそれを受け容れるだろうか。

少しずつ天井が明るくなってきた。首を折って彼の顔を見た。何の恐れも不安もないような寝顔だった。私は、彼が無防備でいられる自分の存在を幸せだと感じた。同時に、これが彼の求める愛情の形なのかもしれないとも思った。

私は体の向きを変えて、両腕を彼の顔に押し当てるように、彼を抱いた。私はそのときはっきりと覚った。彼と会うことで自分の中に生まれ、大きくなっていたものが、何であるかを。そして、もう二度と手の中にある『この子』を手放してはならないと、私は腕に力をこめた。

松本順子

永劫の絆

私は旅に出ることが好きである。

そこで私は自分を取り巻いている全ての束縛から逃れることができた。

人間ではなく人となることが出来た。

遠い見知らぬ土地の安宿で、ふと淋しさが迫ってくることもある。そんな感情を味わうことは喜びでもあった。私を取り巻く生活の中で味わう一切の感情より、旅で味わう寂莫の情の方が忍びやすさでは勝っていたからだ。

大学三年の春であった。

私は一人で残雪のまだ消えやらぬ信州の山奥の温泉へ向かった。何の目的もなく、ぶらりと訪れたのであった。私はいつも旅に出ると湧いてくる感情に任せて人と成ろうとした。自由に成ろうとした。

然し、どうしたことだろう。私は山の冷たい空気の中で父を思った。今にも新緑に変化しようとする山々の中に父の顔がうかんだのである。

私は私の全てからまだ父が切り離されていない事を知ったのであった。それどころか益々父の中に引き込まれて行くような気さえしたのだ。

私は今でも父を嫌悪している。

父の手から逃げ出してしまった事を後悔していない。しかし血の繋がりの根強さなのだろうか。常に激しい嫌悪感をもっているのに、書斎から洩れてくる弱い電燈の光にふと憐憫の情を感じぬでもなかった。そんな時、熱いコーヒーを父の部屋に持って行ったこともあった。父の部屋に一歩入った途端に私の心の中は後悔の渦でふくれ上がり、黙って机の上にコーヒーカップを置いて早々に部屋を出た。

何故あんな人のために憐憫の情など起こしたのだろうか。

父は私の後ろ姿を本から目を上げて見たのだろうか。それとも本に目を置いたまま、コーヒーを手にして何の感情もなく飲み干したのだろうか。

父の部屋を出る時、私はいつも食い入る様な視線を背中に感じていた。父はその視線で私を射殺そうとしているのかもしれないと思ったこともあったのだ。

一週間や二週間、言葉を交わさないことなど珍しくもなかった。話したとしても些細な会話であった。話し合ったことなど一度もなかったと言っていい。

私たちは話し合うことを恐れていた。一度話し合ってみたら、一度だけ無理をして笑顔を作ってみたら、私たちの間に出来た数年間に渡る溝は埋められたのだろうか。

その後にやってくるであろう間の抜けた時間、台詞を忘れた舞台役者のような気まずい時間、場違いな意見を言ってしまった時の気恥ずかしさ、そんな時を持つことを私たちは恐れていたのかも知れない。二人とも、気取屋で臆病者であった。

母がまだ生きていた時からの私の幼い記憶を辿ってみても、父は少しも変わっていない。

母が死んだのは私が八歳の時であった。

幼い私は、母が父をどう思っていたのか。父が母をどう思っていたのか、解るはずがなかった。母は穏やかで賢く父には従順であった。

「お父様はお仕事中だからお部屋に行ってはいけませんよ」と口癖のように言っていた。

その頃から私は父の部屋に対してある種の恐怖感を懐いていた。

薄明かりが点り、ひっそりと物音一つ聞こえない部屋は、子供心を不思議に誘惑する魅力があったが、その誘惑に負けるよりも、恐怖感の方がはるかに強かったのである。

一度だけ父の部屋に忍び込んだことがあった。

誰もいない部屋はひっそりと冷たくて、広々と感じられたが、壁に掛かっている絵や大きな机の上に載せられている夥しい本は、どれもこれも黒っぽい色で重々しく、私は圧倒され、恐さで立ち竦んだ。勇気を出して机の前の大きな回転椅子によじのぼった。そして机の上に置かれている異様な物を発見した。

それは私の赤子の時の写真で蘇芳《すおう》色の額に入っていた。赤子の私は無心に笑っていた。ちぐはぐな淋しさが私を襲った。私は父の部屋から逃げ出した。

あれからずっと父の部屋に入ることはなかったが、中学生の頃だったか一度だけ入ったことがあった。もうそこにあの写真立てはなかった。

母が亡くなった時、私は子供ながらに、この世に一人取り残されてしまったような寂寞《じゃく》の内に泣き噦った。

親類や近所の人たちが慰めて励ましてくれたが、父は一言の言葉もかけてくれなかった。

父も愛する妻を失った悲しみで一杯であったのかもしれない。私を慰める余裕がなかったのかもしれない。

あの時、一言、父が優しい言葉をかけていてくれたら、私はこんなに孤独ではなかっただろう。私だけでなく父の人生においても。

父は慈愛の術を知らない人なのかもしれない。

信州の大地主の一人息子として生まれ、何不自由なく我儘一杯に育った人であった。家業を継ぐのがいやで法学を学んだが、その我儘を結局、誰一人として禁《いさ》めることが出来なかった。

親からも周りからも過保護な愛を受けて育ったために、人を愛することが出来ない人に成ってしまったのだろうか。頭が良くて常に優等生として扱われたのも禍《わざわい》したのであろうか。それとも過保護ゆえに自閉的孤独と常に戦っていたのだろうか。

あわれな人と思いもする。

そんな父を理解して和解出来ない自分もあわれな人間であると思うしかない。

理解しようと努力しても常に結果は同じであった。

父への嫌悪と憎しみの情が増すだけであった。この世の中に親子というかけがえのない絆で結ばれている者は父と私と二人だけしかいないのに、その二人がどうしてこのように他人よりもひどく離れた心を持っているのだろうか。どうして父を憎むようになったのだろう。

父という人間の存在を意識するようになってから、私の心の中には父に対する特別な感情があったような気がする。

父に初めて逢ったのは三歳の時であった。私が生まれた直後に、父は召集を受けて戦地に行ってしまったのであった。

自分の命を受けついだ幼子がまだ人間らしい動作をしないうちであった。その幼い命に対して父は何を祈って別れを告げたのであろうか。それとも無感動に、自分の分身を無視して去って行ったのであろうか。親子の温かい再会を願う激しい頬ずりは、あったであろうか。大声で泣く赤子の中には激しい愛の力があったはずである。二つの生命を流れる血脈のうずきがあったはずである。肉親の迸る愛の火があったはずである。

然しそこには何も無かった。激しい頬ずりも、血脈のうずきも、迸る愛の炎も、すべてそこにはなかったと、敢えて断言しよう。

父は母を愛していたのだろうか。今そこに抱かれている赤子、自分の分身である赤子、今別れてしまう赤子に対しての愛情があったかどうか、疑わしい。生まれたばかりの清らかな小さい生命の中に、一筋の冷たい血縁の血が流れていたのかもしれない。愛されない命のもつ強情な力強さでその一本の線はしっかりと根をはっていたのに違いない。

赤子は父の存在を知らずに成長した。そして、ある時あまりにも突然に父という存在が私にのし掛かって来た。

今でもよく憶えている。

それは私が三歳の春であった。

屋敷の内庭で一人遊んでいた私は異様なものに目を留めた。

白壁の上の瓦すれすれに異様な物が動いている。よく見ると薄汚れた帽子のようだ。幼い私は蝶でも追うかのようにそれを目で追った。その帽子のようなものはすでに私に見られているのを知っているかのように、ピョコピョコ動いて来る。私は視線をはなすことが出来ず、何かに憑かれたように見つめていた。すると門に近づいた帽子は、一瞬スーと消えたかと思うと、今度はぬっと大男の兵隊さんの姿になってぐんぐん近づいて来る。私は恐ろしくて声も出なかった。その大男はつかつかと歩み寄ると、私を軽々と抱き上げてしまった。私はあまりの恐しさと驚きのために気を失ってしまった。

それからどうやって私がその男の手から下ろされたのか、どうやってその男が家の人に迎え入れられたかは、私は知らない。

二度目に私がその男を見たのは、家の中で大勢の人に囲まれて酒を飲んでいる姿であった。その男は私を見つけると手招きした。

そして「大きくなったね」と言った。

私は部屋の隅に立ち尽くしていた。只々恐怖心と戦っていた。

叔母の「生まれて直ぐに行ってしまったのだからね」と言った言葉も耳に入らなかった。

その男の言った「こっちに来なさい」という言葉もただただ恐ろしく立ち尽くしていた。

すると、その男は我慢ならなくなったのか立ち上って私を捕まえに来た。必死に逃げようとした私はその男の大きな手に難無く捕まり、捕まると同時にわっと泣き出した。

私があまり激しく泣くので、その男は当惑したような顔つきで私を下ろすと、元の座に戻った。「無理もないでしょうよ。生まれて直ぐに別れて三年も逢わなかったのだからね」と言った叔母の言葉と、大人たちの困惑した視線を後に私はその場から逃げ出した。庭を遠まわりして大きな胡桃の木の下まで来ると息を殺して身を隠すように立ち竦んでいた。

あの男は一体何者だろう。何処から来たのだろうか。私を遠いところへ連れてゆくために来たとしたら、どうしよう。幼い心の中は恐怖と疑問で一杯であった。その日、私は暗くなるまで胡桃の木の下に居た。あたりが暗くなるのも恐ろしかったが、それより家の中にいる男の方がもっと恐ろしかった。その場からあの男が家を出て行くのを見張っていたが一向に出て行く様子はなかった。捜しに来た母が笑いながら、こんなことを言った。「お父さんと一緒にご飯食べなさい。良い子にしていてね。」

三歳の私は父親について多少は知っていた。いつも母が話してくれたからである。

「お父さんはね、大きな船に乗って遠い国に行っているのよ。良い子にして待っているとたくさんお土産持って帰ってくるからね」

そんな話の中から作りあげた私のお父さんはある時は母の手のような、又ある時は大好きなお人形の目の様なものであった。

それは人間ではなかった。ましてや、あんな恐そうな男ではなかった。

次の日に私が見たあの男はもう髭など無く、こざっぱりとしていた。しかし髭を剃った跡が不気味に青白く、私はやっぱり恐いと思ったのだった。

その後も何度か、その男に抱き寄せられたが、その度に火がついた様に泣き叫んだ。すると男は諦めて手を離すのだった。

一週間ほど経ったある日、私が泣き出した途端に男は私を突き飛ばした。

その時、私は擦傷の出来た膝小僧の痛さよりも男の見せた涙と冷笑の方が恐いと思ったのだった。その時から私は男の顔を見ようとしなかった。

男が庭に出て来ると家に逃げ込み、男の居る部屋に入るのを拒み続けた。

私はいくら母に強制されても、その男をお父さまとは呼ばなかった。

私が七歳の時、最愛の祖父が亡くなるまで、私は祖父のことをお父ちゃまと呼んでいた。父がまだ戦地から帰らない前から祖父の事をお父ちゃまと呼んでいたのであった。祖父は苦笑しながらも、私をかわいがってくれた。何処に行くにも私を連れて行き欲しがる物は何でも買ってくれた。旅行好きで、旅から帰る度に可愛い土産物を買って来てくれた。それにも増して祖父の土産話が楽しみであった。近所のおじさんたちに話している祖父の物語を掘炬燵の中で聞いていた。それも祖父の膝の中という特別席で、同じ話を何回も聞いたのであった。大学生の時に友人と初めて訪ねた日光東照宮は、以前に何回も来た事があると思えるほど、祖父の説明が鮮明に脳裏に焼き付いていた。

祖父が諸用で出掛ける時の生成色の麻の背広姿はカッコ良かった。母の帯留から造った飾り金具を付けたタバコ入れを長く愛用していた。祖父が死去した時にタバコ入れから外されたその飾り金具は、今では私の胸を飾るブローチに成っている。祖父と母との想い出深い私の宝物の一つである。

そんな幼い時の私を父は、どんなにか恨めしく思っていたことだろう。父に対して済まない気さえする。けれどもやはり父の私に対する残忍な態度を思うと、嫌悪感を起こさずにいられないのである。

父は子供の私に真剣になって向かってきた。

そんな父の姿は正気と思えないほど殺気をおびていた。そして私が父に打ち負かされると、スーと部屋から出て行ってしまうのだった。

私は小一時間も泣き噦り、心の中で父への嫌悪を増幅させていた。

母が亡くなると、遠縁のお松という六十に近い女が、手伝いとして家に住み着くようになった。私は小さい時からお松とは顔見知りであり、男まさりで働き者という評判の女であったが、父に対しては従順で、常に私よりも父の味方をしたので、私はあまり好きには成れなかった。

私は小学校も上級になると父から余り厳しい仕付けを受けなくなったが、それでも時としてこっぴどく叱られる事があった。

私はもう泣いたりしなかったが、じっと我慢して心の中で父を呪い殺していた。

中学生の時には、数学の成績が下ったと言って父愛用の象牙の三角型ものさしで腕を叩かれて怪我をした。

その時も私はじっと我慢して心の中で父への憎悪を増幅させた。

親友から誘われてプロテスタント教会に通うようになり、キリスト教の知識と外国文学への興味を深くしていく。

礼拝堂で賛美歌を歌うのが楽しかった。

「我がために悩める魂をしずめよと賛美歌うたふ人ありしかな――啄木」

高校生になるとＫＫＣの仲間たちを通してキリスト教的な奉仕活動に熱心に参加した。夏休みには日本海側の僻地の小学校の分校で学習塾を開き子供たちと勉強したり遊んだりしたが、山村の子供たちのしっかりした生活態度、特に小さな子供たちが何らかの労働に加わっていることに感心し、多くのことを学んだ。峠の向こう側の中学校に通う生徒たちは、女学生は郵便物を受け取って村に持ち帰り配宅もしていた。男子生徒はビン物の薬や牛乳等を持ち帰って配達をする。村中の人が集って満天の星空の下に行われたキャンプファイヤーの素晴らしかったこと。忘れがたい想い出である。


高校を卒業すると私は東京の大学への進学を志願した。父は許すまいと思っていたが呆気なく許しが出て、そのあまりの順調さに私は嫉妬さえ憶えた。父はやはり私を追い出そうとしているのか。私が父を嫌っている以上に、父も私を嫌っているとしか思えなかった。

それ故に、父一人残して旅立つことに何の躇《ため》いもなく上京出来たのであった。新しく始まった学生生活は楽しかった。若さの幻影と理想を追っている毎日の中で私は、私と父との関係を全く忘れることが出来たのである。

しかし、月に一度父から届く、あの冷たく角ばった文字の現金書留が送られてくる時、私と父との関係は僉閑《あからさま》に暴露されてしまうのであった。それを受け取るたびに父に繋っている自分を再認識する。

私は父によって生かされているのだ。私は父の働きによって生活しているのだ。それは私にとって何よりも耐えがたい圧力であった。

一緒に暮らした時より一層強く父からの圧迫を感じることになった。

大学生活に慣れるにつれて私はそうした感情から逃げるように学問をし、さまざまな芸術に触れて見聞を広めていった。

友だちもたくさん出来た。生涯の友となった親友たちとの出逢いは心強かった。

私は青春を謳歌していた。

私は父の娘ではなく私自身なのであった。

少し疲れた足で下宿に落ち着くと、ふと私自身から父の娘になっている自分を見出すことがある。

私は父のあの重々しい部屋を思った。あの厳しい横顔が目に浮かんだ。下宿屋のドアを開けた時に感じる冷たい空気の感触が、なぜかあの父の部屋のドアを開けた時に感じる冷たい空気の感触と似ている様な気がした。

父は今ごろ一人で何をしているのだろうか。

一人で寂しくはないのだろうか。そんな思いがふと頭をかすめる。しかしすぐに消えた。どうせ私は父など愛していないのだという思いが、それらの甘い感傷に取って換わるのであった。

意識することのない愛が肉親の愛だとするならば、私は肉親の愛というものをこの体内に潜ませているのだろうか。

私たちは意識して憎み合っているのだ。

大学二年の時、ある男に恋をした。

医大の学生で、りっぱな青年であった。私たちの友愛関係はかなり長く続いた。

そして、それは少々退屈を感じていた大学生活に色彩を与えてくれたし楽しかった。

彼の好みのクラシック音楽にも興味が持てたし、メンデルスゾーンの楽曲が好きになったのもこの頃からだ。

世田谷の彼の家に招かれて彼の家族にも好感をもって迎え入れられた。

私は何の理由も告げずに、その男と絶交した。

彼は怒ってその理由を問い詰めたが、私には答えることが出来なかった。

ある時ふと彼が父と似ていると思った瞬間があったからである。

父と似ている。私にとって致命的なことであった。

その時ふと感じるまでは、彼と父とを結びつけて考えることなどなかったのだった。

彼は一人の男性であり、父は父であった。

この時、初めて父も男性であったと意識した。

そして改めて恐ろしい憎悪が生まれた。

男性を見る時私は常に、父の事が頭に浮かぶようになったのだ。

そして何時も顔をしかめて首を振った。

父など早く死んでしまえばよいのに。

そんな私でも時々笑い出す事もある。世の中で、たった二人だけの肉親同志が、離ればなれになって、二人とも同じような小さな部屋にぽつんと座っている。二人とも、ひどく淋しがり屋なのに意地っ張りで、電話一つかけようとしない。二人共淋しがり屋と言ったのは、私の単なる想像であって、父が本当に寂しがり屋なのかは私にはわからない。

母が亡くなってから、いやそれ以前から、私の知る父はいつも一人だった。その顔から淋しさを盗み見するのは困難なことであった。

父は感情をあまり外に出さない人であったが怒りは激しく表した。そんな父が大嫌いで、私はいつも自室に引きこもり悶々としていた。その悪魔の化身どもを祓う為の祈りもした。僅かな反発として十日ばかり父と口をきかなかった。

私は以前から計画していた事を実行しようと、二十歳になるのを密かに待っていた。

二十歳に成ったら父からの一切の経済的援助を受けないで生活しようと決心したのである。

計画が実行されれば、父との繋がりは全くなくなる。そして月に一回、感謝の念が起きるどころか却って憎悪を感じる金を受け取らなくて済むのである。私は独立出来るこの計画に満足していた。本当の自由を得られ、晴々とした気分になるだろう。

計画の実行に取り掛かった。

いざ実行となると、経済的苦労と縁のなかった私にとって、大変な事業であることがわかった。

私は負けなかった。そうした苦労の方が父から援助を受けるより、ずっと楽しい。友人からの紹介で家庭教師をする事にした。下宿の近くにあって私も気に入って時々利用していた喫茶店で日曜日だけアルバイトもすることにした。

十分ではないが生活の見通しが立ったのである。

新しい生活が軌道に乗り始めた時、私は凱旋した戦士のように勝ち誇った気分でペンを取った。

父に独立した事を告げ、今後一切、資金援助は受けないと宣言した。そして心密かに父からの返答を待った。

それは父の激しい怒りの言葉で埋まった手紙であろうか。それとも娘を諭す言葉の並んだ手紙であろうか。いとも冷たく「承認した」と一言書かれたハガキであろうか。

いくら待っても父からの返答はなかった。

打ちのめされた私に、けれども毎月きまって、いつもと変わりなく生活費が送られてきた。

父の沈黙の行為に腹を立てた私は、何回かその現金を送り返してやった。

父は私よりはるかに忍耐強かったようだ。勝負は完全に父の勝利であった。私より一枚上手であるということを認めざるを得なかった。

私は自活することを完全に止めた訳ではない。父からの仕送りにはなるべく手を付けない様に努力した。

しかしこの出来事はあまりにも現実を知らなかった私を成長させてくれた。

甘ったれの空想家で地に足が着いた生活などしていなかったことを、思い知らされた。孤児院でのボランティア活動は私がいかに恵まれた人生を生かされているかということを気づかせてくれた。私は感謝することが出来るようになった。

そして父を客観的に理解しようと努めはじめた。

けれども休暇で帰省した時など、帰宅の瞬間までは、父と話して見ようと思っているのに、父の顔を見るや、その想いはかき消え、沈黙で武装してしまう私がいた。

久しぶりに帰省した娘に対してどんな喜びも示さず、迷惑そうな素振さえ見せる父に、今までこの人が私の心を痛めつけて来たのだと思うと悔しさと悲しさで、私は居たたまれなくなるのだった。

春休みに帰省して二週間ばかり家に居た時も、一度も父と口を利かなかった。見知らぬ旅人同志のような日々、互いに心を探り合いながら無関心を装っていたのだ。

そんな大人気のない演技を脱ぎ捨てて、ちょっと笑顔を作ってみたら、お父さんと呼んでみたら、この世のすべてが一変するかもしれないのに、意地っ張りの二人は、世界一愚かな臆病者の親子なのであった。

一度だけ親子劇場の舞台を踏んだことがあった。

私が二十歳に成ったばかりのある日。珍しく、いやこの言葉では物足りない、青天の霹靂とよぶのに相応しい出来事があったのだ。上京しているらしい父から呼び出しがあって銀座で待ち合わせをしたのである。

「二十歳の祝いに何か買ってやりたい」との一言で銀座の御木本《みきもと》に連れて行かれ、高価な真珠のネックレスを買ってもらった。

そこからタクシーに乗り新橋へ行った。

タクシーが横付けされた所は「金田中《かねたなか》」という高級料亭であった。

私は下足番に靴を預ける時、新しい靴を履いてきてよかったと思った。

父は馴れた風情で案内の仲居さんと何か話していた。私は恐る恐る後から付き従った。

通された座敷は落ち着いた雰囲気で幽かに練香のかおりがする。

黒竹張りの瀟洒《しょうしゃ》な床には「春宵一刻値千金」の掛軸が下げられ、床には煤竹の筒に一輪の姫百合が投げ入れられている。

出された膳もそれぞれに趣向を凝らした器と味は美しく美味しく、心から堪能することが出来た。

相間に交わす仲居さんとの話題も興味深く楽しいものであった。

掛軸は私の二十歳の祝いに父が選んだ蘇軾《そしょく》の「春宵」の一節であると聞かされて驚いた。床に飾られた姫百合も、私が万葉集を勉強していると聞いた仲居さんの心尽くしの花だという。

「夏の野の繁みに咲ける姫百合の
　知らえぬ恋は苦しきものぞ」

この万葉集一五〇〇番の坂上《さかのうえのいらつめ》女郎の歌を私が一番好きなのを何故、彼女は知っていたのだろうか。私の疑問に彼女はさらりと答えた。

「お父さまからお嬢さまのことを伺って、きっとこの花がお好きではないかと思ったのですよ」

私にとって夢のような楽しい一刻であった。

以後、父と会食したことはない。

私は旅に出るのが好きである。

そこでは私は完全に一人の人間となることが出来る。気取りも、恐れも、人の心を盗み見する業も、いらないのだ。

自然の中に溶け込んで、その愛の中で思い切り甘えていればいいのである。

雪どけ水の幽かな音のささやきに感動し、木の葉にかくれた新しい小さな芽吹きを喜々として眺め、そよ風にあたって音もなく落ちる露の清々しさに目を見張る。

自然は私を幻映の世界へと連れ去ろうとする。何の躊躇いもなく、惜しみなく、その素晴らしい愛の翼を着せかけてくれる。

そしてその純粋な愛の中で微睡《まどろ》む私を決して邪魔だてしない。

思い切って、勇気を出して父と二人で旅に出てみようか。

その結果がどうなるかはわからない。

私に対して決して裏切ることなく、慰めや母のような慈愛を与えてくれる自然は、父に対しても決して裏切ることはないに違いない。

長い間、交わることのない平行線であった私たちの関係に自然の媒介で、ふと接点が得られるかもしれない。

そんな期待を秘めながら私は今、旅の途中のロッジで、父の書斎から失敬して来た本を読んでいる。

春には
うの花が咲き
秋には
とちの実の落ちる庭
池の流れに
小さい水車《みずぐるま》のまわる庭
何人も住まず
せきれいの住む
古木の梅は遂に咲かず
苔の深く落ちくぼみ
永劫のさびれにしめる

父の愛読書らしい表紙の黄ばんだ西脇順三郎の詩集「旅人かへらず」のなかの詩である。几帳面な父にしては珍しくボーダーラインが引かれている。

虫のなく声
平原にみなぎる
星もなく夜もなき
生命のつなぎに急ぐ
この短い永劫の秋に
岩片にひとり立ちて
このつきせぬ野辺を
聴く心の悲しき

いつか必ず父と二人で旅に出よう。
順三郎の故郷、小千谷《おじや》に二人で行ってみたいと心から願うのであった。

松永　剛

ああ呪わしきわが美貌

ヴェルディは代表作の一つであるオペラ「リゴレット」の題を、当初「呪い」とするつもりだった。

せむしのリゴレットは放蕩者のマントヴァ公爵の取り巻きの道化であるが、公爵に弄ばれた娘の父親をからかって呪いの言葉を浴びる。リゴレットはずっと呪われたことを気にしていたのだが、公爵が今度は自分の唯一の宝である娘のジルダに手を出すと、殺し屋に公爵の殺害を頼む。ハンサムな公爵を愛してしまったジルダは身代わりとなって殺され、リゴレットがあの呪いのせいだと悲嘆に暮れ絶望する所で幕が下りる。

ヴァーグナーの四部作「ニーベルングの指環」は、こびとであるニーベルング族のアルベリヒが指環にかけた呪いが綿々と続いてついに神々を滅ぼすまでを描くのに四夜を費やす。したがってこの空前絶後のスケールのオペラ四部作の題は、「アルベリヒの指環」または「アルベリヒの呪い」でもよかった。アルベリヒ及びその息子のハーゲンは、シェークスピアの「オセロ」を原作とするヴェルディのオペラ「オテロ」に登場するヤーゴの系譜のキャラクターである。ヤーゴは卑劣漢をもって自任する、あるいは卑劣主義者とでも言うべき人物であり、普遍的に見られる人間の類型を代表する。また、「指環」を「資本主義」に「神々」を「人類」に置き換えてみると、この複雑で難解な絵巻物に隠されたメッセージの一部が浮かび上がる。例えば長のアルベリヒがラインの乙女から奪った黄金で、世界を支配するために全ての愛を放棄することを誓って指環を作るや否や、気ままにやっていた鍛冶屋集団のニーベルング族は坑道に押し込められ常に監視され苛酷な労働を強いられる。これは作曲年代から産業革命後の少年炭坑夫の悲劇を模したものだと思われる。

十九世紀的なロマン派の文学や音楽にとって呪い、魔法、悪魔などの反キリスト教的要素は、恋愛、聖母子信仰、大自然、民族や国家の歴史等と共に人々の夢想を掻き立てるものであった。

同時に、産業革命の労働、環境、社会、文化への悪影響と共に、科学技術の兵器への悪用による大量殺戮、資本の更なる集積、民族浄化思想、絶対王制の残滓、帝国主義や官僚主義による歪み等がある中で、呪いは、娯楽としてのオペラにとって、キリスト教やインド哲学による救済と共に人々に一息付かせるための重要な道具であり成立要素であったと考えられる。特に社会的立場の弱い人々、運命や試練によって苦境に立った人々にとってである。

ヴェルディの後継者と目されるプッチーニになると、音楽は聴きやすいが時代自体がより現代に近い呪わしいものとなるので、却って台本は大仰な呪いの言葉が少なくなり多分に自然主義的になる。

私は和歌集の撰者になったつもりで、バッハからバルトークまでのクラシック音楽から、三十六楽聖二百七十八曲と題する目録を作り、その内五十曲をオペラまたはそれに類するものに当てた。即ち次の通りである。

モーツァルト：フィガロの結婚
モーツァルト：ドン・ジョバンニ
モーツァルト：魔笛
ベートーヴェン：フィデリオ
ベルリオーズ：ファウストの劫罰

ベルリオーズ：トロイアの人々
シューマン：ゲノフェーファ
シューマン：マンフレッド
ヴァーグナー：さまよえるオランダ人
ヴァーグナー：タンホイザー
ヴァーグナー：ローエングリン
ヴァーグナー：トリスタンとイゾルデ
ヴァーグナー：ニュルンベルクのマイスタージンガー
ヴァーグナー：ラインの黄金（ニーベルングの指環序夜）
ヴァーグナー：ヴァルキューレ（ニーベルングの指環第一夜）
ヴァーグナー：ジークフリート（ニーベルングの指環第二夜）
ヴァーグナー：神々の黄昏（ニーベルングの指環第三夜）
ヴァーグナー：パルジファル
ヴェルディ：ナブッコ
ヴェルディ：リゴレット

ヴェルディ：トロヴァトーレ
ヴェルディ：椿姫
ヴェルディ：仮面舞踏会
ヴェルディ：運命の力
ヴェルディ：シモン・ボッカネグラ
ヴェルディ：マクベス
ヴェルディ：ドン・カルロス
ヴェルディ：アイーダ
ヴェルディ：オテロ
ヴェルディ：ファルスタッフ
ビゼー：カルメン
サン＝サーンス：サムソンとデリラ
ドビュッシー：ペレアスとメリザンド
プッチーニ：ラ・ボエーム
プッチーニ：トスカ

松永　剛――ああ呪わしきわが美貌

プッチーニ：蝶々夫人
プッチーニ：三部作
プッチーニ：トゥーランドット
リヒャルト・シュトラウス：サロメ
リヒャルト・シュトラウス：エレクトラ
リヒャルト・シュトラウス：ばらの騎士
リヒャルト・シュトラウス：ナクソス島のアリアドネ
リヒャルト・シュトラウス：影のない女
リヒャルト・シュトラウス：アラベラ
リヒャルト・シュトラウス：カプリッチョ
ベルク：ヴォツェック
レハール：メリー・ウィドウ
プロコフィエフ：賭博者
プロコフィエフ：三つのオレンジへの恋
プロコフィエフ：戦争と平和

同じ作品で異なる公演のＤＶＤを持っている場合もあるが、これらのＤＶＤにバレエ、コンサート、オペラ歌手のドキュメンタリー等を加えたものから毎日一本をその日の気分で選んで深夜に平均三時間という音楽と映像と日本語字幕に訳された文学の鑑賞の至福の時を持つのが習慣になって久しい。よって夜な夜な、呪われよ〜、地獄がお前に口を開けているぞ〜、などの呪いの言葉のシャワーを浴びている。神に呪われるがよい、というように呪いが神の怒り即ち倫理を表すことも多いが、音楽があまりにも素晴らしくて、言葉の強さや筋の陰惨さなどは気にならない。「リゴレット」でも、第四幕で「女心の歌」やリストのピアノ用編曲でも有名な四重唱「美しく愛らしい娘よ」のテノールを歌うマントヴァ公爵は、どうやらリゴレットの娘のジルダが本命のようだが、浮気心に罪の意識はなく、娘の父親達の呪いの電磁場念力場にも捕らえられず、ジルダも悲劇を演じるためというよりも第一幕の華麗なコロラトゥーラ唱法のアリア「いとおしいお名前」や第四幕四重唱のソプラノを歌うために登場するのだ。

同じ放蕩者が出てくるモーツァルトの「ドン・ジョバンニ」の場合には、オペラ・ブッファ（おどけたオペラ）であるにも関わらず、ドン・ジョバンニに娘を誘惑され自分は殺された父親の亡霊による「地獄落ち」を初めとして笑えない場面が多く、フリーメイソン入会後のモーツァルトの前衛性と倫理性が目立つ。フルトヴェングラーもカラヤンもこのオペラの公演がまるで遺言でもあるかのように公演後間もなく亡くなったこともこの喜劇の死のイメージを増し、無気味な緊張感を添える。カラヤンのその公演のDVDで見る指揮ぶりは、自身がドン・ファンとしてならしていただろう長きに渡る一時代を懺悔しているかのようだ。

猫のように睡眠を会社勤めより価値あるものとして新卒で就職した会社を辞めてしまった有名大卒のブログで生計を立てている人がいることをこの前知った。私はアナログ人間なのでブログを書くような性に合わないことをする代わりに口糊のため勤めに出ているが彼と共通点が多い。私もまたその昔もう一時間布団に入っていたい、給料も半分でいいから労働時間も半分にして毎日ピアノを三時間弾きたいなどと本気で思って優良メーカーを辞めてしまったのだ。理工学部卒という経歴でピアノリサイタルを四回行った三十代までずっとそんな調子に気楽で好きなように生きていけるものと思っていたのである。証人も沢山いる。「眠れる森の美女」の呪いのようである。しかし終生の友と思ったピアノも五十代前半の今はもう何年も全く弾いていないし、グランドピアノの特に大型のものも引き取ってもらえるうちにと売却してしまった。自分自身の鑑賞に堪えるレベルで弾き続けなければ意味がないと思ったからだ。四十代の時に、防音設備なしで今までよく近所の人や家族が我慢してくれたものだと思う出来事もあった。遠くに住んでいる家人が私のピアノを弾く音を私が家の近所で偶々聞き耳に突き刺さるような音に愕然としたのである。また、ピアノがあったのは道路沿いの部屋であるが、この道路は駿府城と久能山東照宮を結ぶ参道であり、堀からの水路の川の上にできたものなので少し曲がりくねっている。この道を真っ直ぐにするためにその部屋が何年後かには行政によって強制的に削られる運命にあることも売却の決断の理由の一つだ。大権現は城を中心とする江戸の町並みと日光東照宮の位置関係を風水で決めたからその後の江戸と東京の繁栄があるのだ。道路が真っ直ぐになった後に市の当局の職員がボランティアでなければ残れないほど市が疲弊するようなことがあっても私は知らない。ただでさえ静岡県は今後最も過疎化が進む県の一つに数えられているのだ。

快適な寝床にいる時間とオペラや音楽の鑑賞の時間、食事時間、たまに行って長時間利用するスーパー銭湯、そうそう、読み書きが多少できることを生かした文学の趣味の時間も幾ばくかを知らず、それらを加えれば毎日半分以上の時間が夢の中、呪いの中である。それ以外の世俗にまみれた時間が如何に呪わしくても自分らしい生き方をしている時間も確保しているのだと観念するべきではないか。世俗の生活も呪わしいならばそれもついでにオペラのように鑑賞して楽しんでしまおうか。

仮に存在するものと見なす客観世界において、現在呪わしいのは例えば静岡県の中部から西部へ通勤する列車で割り込みという軽犯罪法違反を犯す掘り出し物の田舎者である。田舎者呼ばわりされたくなくば誰も割り込みなどしてはならぬさせてはならぬということである。割り込みなどできるのかと都会や文化的都市にお住まいの人は思うかもしれないが、在来線でホームへ昇る階段とエレベーターがある所でホームが狭くて列が線路と平行になってしまい、他のように二列縦隊ではなく一列横隊で並ぶところがある。列の先頭から東側に並ぶことが白線で判るのに、先頭の西隣りにちゃっかり立つ輩がいて、そうなるとちょろちょろっとその横に人が繋がってしまって一列横隊が二つになってしまうのである。

つまり正しい横隊の後ろの方より乗車権順位の低い者が先に乗ってしまう。群衆の中に私以外に割り込みを止めさせる人がいないことが忌まわしい。都会や西欧の都市であれば誰も割り込みなどさせないであろう。北風と太陽の知恵もあるので私も色々と手を変え品を変えて割り込みを阻止するのだが私は駅員ではない。なんで私が苦労しなければならないのだ。ずる賢い小人にやりたい放題にさせてアウシュヴィッツにも戦場へも片道切符で食糧なしでおとなしく運ばれて行くであろう群衆が何よりも忌々しい。私は何もシルバーシートに座ろうとしているわけではない。このような物を書いていると通勤時間もメモや辞書代わりに使えるスマートフォンを人様のように使う必要も出てくるのでシルバーシートには座れないのだ。長距離の往復では一般座席に座ることができないと、深夜の至福のオペラ鑑賞の時間に濃いコーヒーを飲まなければ眠気で集中力が低下してしまうのである。群衆はうっ憤と抑うつ症状のために何にでもケチを付けるクレーマーだと思われたくなく大人ぶって余裕がありぶって我関せずと決めこんでいるのだろうが、残念ながら日本は明治の欧化政策以来先進国首脳会議のメンバーの地位を持つ現在まで西欧的国家なのであり、日本人はもっと自己の正当な権利と公共的利益とを擁護する義務があるのである。うるさ型とは峻別しなければならない。割り込み風情を相手にショーペンハウアーの意志の否定や仏教の布施を持ち出す気にはならない。駅の都合で列が判りにくくなっているため確信犯以外にうっかり列の先頭より西に並んでしまう人もいる。乗客の集団がＪＲの比較的大きな駅で正しい列を形成できない所があるというのは看過できない公共的問題であり最終的には駅の責任である。ところがそういう状態を是正するため貼り紙一つさせるのにものすごく骨を折った。正しい状態にするのは私がやる仕事ではなく駅員が動かなければどうにもならない問題だということが理解できない。客同士の喧嘩があったりホームからの突き落としがあったりしてからでは遅いのだ。顧客の言うことをまず聞かない、一党独裁国家のような独占企業である鉄道会社の、上の顔色しか見ていない駅員どもも呪わしい限りである。張り紙も「整列乗車にご協力ください」という漠然とした内容で、私に抗議されたから張ったという形にしたくないようだ。例の列の先頭を示す白線の西側、エレベーターの壁の外側に申し訳程度に貼ってある。しかし最近は貼り紙などよりも私自身の姿の方が効果があることに気が付いた。私が並ぶ列が、左右のどちらかに人がいない席、つまり四人掛けのシートが向かいあったコーナーの四隅に座れる可能性が高いので人気があるのだろう。田舎者のくせに人間嫌いだけは都会人並み近代人並みときている。私の列に近付いて来ても私に気付くとびくっとして、その列の最後に行くのは悔しくて仕方ないらしくて決してその列には並ばずに他の列に行ってしまう人がいる。私はマーケティング理論構築の参考になりそうな田舎では売れない人の見本だ。いづれの日にか学生時代を過ぐしし都に舞ひ戻りてヒア・アイ・アムと言はん。

割り込みでさえこんな体たらくであるから、人が列車の中で急に倒れたような時はさぞや民間にもあるお役所仕事とはこういうことですよと言う見本を陳列した博覧会のようなことになるだろうと想像ができようというもの。

あれは五年くらい前のJR東海道線は静岡と富士の間の駅でのことだった。南伊豆で受験指導を終えた後、富士でも学習塾で授業をし、やっと静岡にもうすぐ着くという時である。駅のホームから列車が出発せず全てのドアが開いたままである。その時点で寒いと感じていた。丁度寒い季節だった。何かあったなと思ったが間もなく車掌が、お客様の中にお医者様か看護師さんはいらっしゃいませんか、と言いながら歩いて来た。テレビドラマでよく見たようなシーンだ。であるからか当惑したような恥ずかしそうな表情と足取りで一人の看護師らしき女の人が隣の車両に歩いて行った。見ると中年の労務者風の男が床に仰向けに倒れている。救急車が来て救命士がかなり長い間心臓マッサージをやっていたが、四人がかりで水平にしたままよいしょっと担架に載せて運んで行った。警官も来て倒れた時の様子をすぐそばに座っていた学生風の少年達に聴いていた。どんな不手際なこともやらかしかねないので見咎めてやろうと私は車両を移って少年達の次に現場に近い特等席で一部始終を見ていた。状況から床に寝ている男は突然死んでしまったのだろうとは思ったが、列車が止まっている不条理への怒りに頭が一杯で、生死もはっきりとは認識せず、その男に何の感情も持たなかった。あまりに多くの人身事故があり列車の大幅な遅れがしょっちゅうなので、最早飛び込み自殺をした人々に呪われた戦場か通勤生活地獄という名の場所をさまよっているような感覚だったのだろうか。割り込みと飛び込みに呪われるでは洒落にならない。全く人の迷惑も考えない身勝手な連中ばかりだ。

倒れた人のための処置、連絡等は法令で取り決められたように粛々と執り行われたのかもしれない。しかし、他の乗客に対しては全く頭が働いていなかったのではないか。

救急車が来るまでにかなりの時間がかかった。その間、車内温度保持のために一部のドアが閉まったか閉まらないかくらいである。長時間の心臓マッサージは三両の列車の乗客に付き合わせて是非とも車内で行わなければならなかったのか。その間もドアは少なくとも全部が閉まったことは一度もない。気が付くと、あれっ車掌が一人もいない。担架が運び出された後もかなりの時間、少なからぬ乗客は列車の中に乗員なしで放置され夜の寒空に晒されていた。どこで何をしていたのか。私は床から飛び上がってドーンという音を響かせた。車両のどこがどんな素材でできているのか知らないが意外に粗末なもののように感じた。今乗客を人質に立てこもろうという輩がいれば簡単に列車ジャックができてしまうだろうとあまりのいい加減さに呆れ果てた。

乗客達は口々に寒いと言っていた。倒れた男の命も重大なことだが、他に風邪を引いたり具合が悪くなったりする人がいそうな寒さと放置された時間の長さだった。重要な用件に間に合わなくなってうなだれている若者が、普段なら会話をするはずもない偶々隣り合わせになった見知らぬ婦人に慰められていた。

これは先の大戦と相似していないだろうか。戦闘員も非戦闘員も多くの日本国民が敵国ではなく味方であるはずの日本人の官僚主義でかつ頭の働かない軍の上層部によって殺された。米国人の半数が今なお、原爆投下はそれ以上両国の戦死者を増やさないための仕方がない手段であり、戦死者が増えたら日本人の割合の方がずっと大きかっただろう、と考えているのもやむを得ない。

車掌が戻ってきた。発車の定刻より五十分も過ぎていた。おい、と獲物をわしづかみにするような勢いで私は飛び付くように出迎えて抗議をはじめた。しかし、恐喝罪にならない程度の音量で、効果的に懲らしめるために酔っぱらいやくざとは一線を画して正しく固い言葉を並べた。列車を長時間止めてその中で手当をする必要があったのか、遅延や風邪をひいてしまった場合の損害賠償はあるのかと。

元々何かの集まりの帰りだったらしいおばさんおじさんのグループがそうよそうだと賛同したことが幸いした。この人達は偉かった。列車が動き出してから、静岡駅からの最終新幹線に乗れなくなった乗客には今から車掌が行き払い戻しの手続きをするという旨の車内アナウンスがあったがしどろもどろであり、結局終点の静岡駅で乗客が降りてしまうまで車掌は現れなかった。

顧客の苦情を聞く仕事というのは寿命を縮めるそうだ。学校の先生にうつ病が多いのは、真面目で社交性に乏しく、学校の先生くらいがいいところだろうと思ってその職を選んだもともとうつ病になりやすいタイプが多いからだそうだが、最近ではモンスター・ペアレントがそれに追い討ちをかけている。逆にほとんどうつ病がいない職業が政治家である。面の皮が厚くなければできない仕事だからだ。どういうわけかモンスター有権者というのは聞いたことがない。だらしがない。私も今は学習塾の雇われ教室長のようなことをしているので、自分の責任が全くないことで怒鳴り込まれることがある。先日も、自分が借りている駐車場にお宅の誰かの車が置いてある、と言って車の写真まで撮って授業中に息巻いて入って来た初老の男がいた。私は向こうの主張は無視して、まず態度が無礼であることをたしなめた。誰が悪いのかということはすぐに判った。駐車場の地主の親子が管理ミスで一つの場所をそれぞれが別の人に貸し土地が二重に借りられていたのである。よくある他人化した高齢の創業者と二代目の二元政治の見本だったが、けしからんのは全く関係のない私が極めて不快な思いをしたことである。

であるからして件の車掌も組織的愚行をした一番下っ端に過ぎず、何で自分一人が抗議を受けるのかと思っただろうが、あの夜、三両の少なからぬ乗客が全員で一人の人間を救出するというようなドラマがあったならともかく、全員が無駄に五十分も公共交通機関によって夜の寒空に晒され放置されたことについて、天下国家に物申す口調で加害者の鉄道会社に対して抗議をする人が一人もいないなどということは断じてあってはならないことだったのである。そのような呪われた流浪の民は存在してはいけないのだ。

列車では休暇や無職で旅をしている人々や子供達の大声の会話や無軌道なはしゃぎ方も大変耳障りであり、注意するべき人が注意しないのが腹立たしい。私は見知らぬ親子連れの子供があまりにも周りに迷惑をかけている時には親の代わりに子供を叱ってやることがある。程度の悪い親は謝りもしない。呪わしきは家族単位の資本主義であり、家計収支に関係なければどんなに厚顔無恥なことでも平気でやってのけるのである。

本当は列車の旅というのはこんなはずではないのだ。毎日の往復通勤の列車と当てもない気ままな一人旅の列車では趣が異なるのは当然であるが、それにしてもこうも乗客が呪わしく愛着が湧かないのはどうしてか。列車の旅は精神分析では死の願望を表しているというが、旅は人生にも例えられ、旅先での見知らぬ人との会話では人は家族友人にも話したことがないようなことをも話せてしまうことをよく経験するものであり、我々は見も知らぬ他人に得てして家族友人以上の世話になるものだと言ったテネシー・ウィリアムズにも同感であり、鉄道会社のコマーシャルソングのような岸洋子さんの「希望」も大好きであるのに。

やはり私は行き過ぎた資本主義のせいにする。五寸釘を持って丑の刻参りをせずとも呪いが信じられていた時代にはまだアダム・スミスやケインズが擁護可能だった資本主義も破綻するものとは思われていなかった。資本の集中、偏在、格差、貧困によるうつ病、人身売買や労働搾取による人権の蹂躙、終わりなき欲望の再生産、死の商人の世襲、産官軍複合体、環境汚染、生態系破壊、倫理の崩壊、共同体の消滅、親子兄弟の他人化、命でも子供の試験の点数でも何でも金で買えると思ってしまうような便利な世の中になりすぎたという資本主義の帰結が、見知らぬ旅人同士の会話や関心をも奪ってしまった。

しかし列車通勤の旅に不快感を感じているのは世俗社会の様々な外的要因だけのせいではない。ヴァーグナーの「タンホイザー」では、世俗社会を避けてヴィーナスが支配する愛欲の世界であるヴェヌスブルクに遊んだ年月に疑問を持ったタンホイザーが、ヴェヌスブルクを地獄と呼ぶ欺瞞に満ちた社会に戻るが、受け入れられずに再びヴェヌスブルクへ戻ろうとする。しかし、恋人のエリザベートの自己犠牲を伴う神への祈りによって魂が救済される。ヴァグネリアンとして有名なトーマス・マンの代表作「魔の山」は「タンホイザー」のパロディである、という見方がある。ハンブルクで造船技師として「市民的」生活を送るはずだったハンス・カストルプがスイスの山中の結核療養所で多くの異文化に触れ成長していく過程を描いた教養（発展）小説は、確かにヴェヌスブルクでの危険な長期滞在を思わせる。私は少年時代から勉学とピアノに打ち込んできたが、職業年齢になってからの三十年を大してキャリアを積むこともなく過ごしてしまった。そうしたヴェヌスブルクにいるような焦りが世俗の中で上手に泳いでいるように見える人々の群れの中で一つのストレスとなるのであろう。

人を呪わば穴二つという言葉がある。しかし意識的に呪わずとも無意識の呪わしい気持ちが対象に作用するという例はあるようだ。「源氏物語」の六条御息所は抑圧された嫉妬心が生き霊となり恋敵を責めるのが露見するのを怖れた。資本主義の弊害はごく一部の人々以外の大多数の人々に苦々しく思われているわけだから、集合的無意識によってもういい加減で新たな段階を迎えることを希望するとしよう。あるいは旧約聖書の神を人間の無意識になぞらえたユングの主張のように神の無軌道な呪いが地を覆ってもよい。超異常気象に頻繁な天変地異といいテロリズムの拡散といいもうそれは始まっているのか。

資本主義の代わりに共産主義をと言っているわけではない。資本主義は人間の本性に敵った経済システムである。しかしそれが行き過ぎ破綻を迎えていることは誰もが納得することだろう。資本家でさえ一代主義であり先のことは考えていない。だから地球文明も「ニーベルングの指環」の主神ヴォータンが自分自身をがんじがらめにしてしまって矛盾を解決できないのと丁度同じように存亡の時を迎えている。資本主義と相携えてきた科学主義はマスコミで見るように科学者の官僚化と科学自体の統計学への依存による曖昧さによって不明瞭なものになってきた。実は合理性を以て呪いや神秘を駆逐してきた科学は素性が怪しいのである。

ニュートンの錬金術と聖書年代学についての膨大な研究は数学や物理学を遥かに凌ぐのである。数学や数学の言葉で自然を読み解くことにそれが抽象的ではなく具体的なイメージを持たせる間は夢中になることを私も含めて理科系の生徒学生達は経験してきたわけだが、科学もその合理的な過程とは違ってそもそもの動機や最終的な目的は呪いと根が同じものかもしれない。医学とて例外ではない。抗生物質の濫用による耐性菌類によっても人類が滅亡するという観測がなされているそうだ。このようなものに数学や物理学がどう立ち向かっても手も足も出まい。大航海時代以来の人間の業である。出自が高利貸しに始まる卑しいものであり結果がどう転んでも目も当てられない資本主義も科学と同様人類をがんじがらめにしている以上呪うしかない。呪うことで生きるエネルギーを得られることがせめてもの呪いの効用である。呪いが、宗教、哲学、文学、演劇、音楽、美術、そして愛、それらと相携えて総合芸術であるオペラとなる。オペラが日本語字幕付きのＤＶＤや衛星放送や大歌劇場の外国公演などで日本の大衆に普及しつつあるのはありがたいことである。

さて、オペラでは卑劣漢ばかりが出てくるわけではない。当然、英雄も登場する。「指環」ではジークフリートである。しかし、英雄は卑劣漢ほどリアリティがない。歴史ではナポレオンが最も有名な英雄であるが、英雄は竜頭蛇尾、後々人々をがっかりさせるのが常である。卑劣漢のキャラクターを人間に普遍的な類型と書いたが、ジークフリートは現実に存在する人間のキャラクターを模したものではないからこそ英雄なのであり、従ってジークフリートには感情移入がしにくいし、ナポレオンの登場によって創作の霊感を得たベートーヴェンの交響曲「英雄」、オペラ「フィデリオ」もまた、ナポレオンの皇帝への即位と失脚後に大傑作であるが故にむしろ人々に皮肉を感じさせたのである。

英雄が少年の夢想であり現実の大人には存在しないことを一貫して訴えたのは、現代の日本を代表する文豪でありヴァグネリアンとしても有名な三島由紀夫である。三島の小説の全作品から、多くの作品をよく代表し、のみならず作者の生涯との呼応が著しいと思われる作品を敢えて一つだけ選ぶとしたら、私は中編小説「剣」を選ぶ。英雄になり損ねた者の自死が描かれ、面の皮の厚い奴ばかりの戦後日本への呪いが込められている。

憧れる船乗りが母親によって月並みな幸福を求め陸の生活に馴染んでいく姿、

それを少年が自分達の未来の姿と捉え仲間と共に処刑する「午後の曳航」と同じく、「剣」では大学の剣道部の主将を非常に敬愛している後輩が、大人たちの世界をばかに醜いものに思い描いていて、主将もいつかはその汚濁に染まると思うとぞっとする。大会のために剣道部は海辺で合宿をしていたが、部員が全員主将を裏切り規則を破って海水浴をしてしまう。それを許すのが大人であるならば、到底それを許すことができない主将は、合宿の最後の日に抗議の自死を遂げるしかなかったのである。

肉体を改造し格闘技にのめり込みノーベル賞候補に上がった作家も、本気で自衛隊を動かしクーデターを起こせるとは思っていなかった。所属する劇団の、世界は俗（賊）ばかりであり夢など決して見たことがないという三島のメッセージが込められた自作の「薔薇と海賊」と、ヨカナーンの首を切り落とすオスカー・ワイルドの「サロメ」の公演の間に、自らの自決とその介錯を予め配置していたのである。これは、十分にドイツ語のいくつかの感情の複合体を表すフモール（ユーモア）の範疇に入ることである。

シェークスピアの「ヘンリー四世」と「ウィンザーの陽気な女房達」による

「ファルスタッフ」はヴェルディの唯一のオペラ・ブッファであり最後のオペラであるが、この世は全て冗談だ、と笑い飛ばす結末である。三島の四部作「豊饒の海」は自決の日に最後の原稿が編集者に手渡されたが、第一作の「春の雪」から長々と読んできた読者にとっては人を食ったような色即是空的解決である。四部作を通して三度輪廻転生を繰り返すはずだった主人公もまた、第四作の「天人五衰」では偽物であることが判った。ユーゴー、シラー、シェークスピアと時代を遡ってオペラの題材を求めたヴェルディは、オペラ・セリア（まじめなオペラ）の中にもブッファ的人物を登場させているが、シラー原作の「ドン・カルロス」ではエボリ公女がそうであり、実力と美貌を兼ね備えたヴァルトラウト・マイアー扮するエボリが歌う「ああ不吉な忌まわしい贈り物」というアリアの邦題を私は「ああ呪わしきわが美貌」と言い換えて何度もそのオペラを鑑賞しては、いい〝訳〟だと一人悦に入っている。「ブリュンヒルデの自己犠牲」と「永遠に女性的なるもの」を表すテーマで終わる「指環」四部作もよし、「タンホイザー」のエリザベートやシューマンの「ゲノフェーファ」のタイトルロールのような超人的な女性の信仰による救済もよし、呪いもよし、冗談もよし、この世は全て夢幻だ、とするもまた、よしである。

北山眞佐子

和服の生地に魅せられて

（一）

遠くで花火の音を聞きながら、田所亜矢《たどころあや》は今日がみなと祭りだったことを思い出した。子どもたちがそれぞれ自立した後の平穏な生活は、夏の夜の風物詩さえ忘れていた。それでも元来祭り好きの亜矢は、縫針を針刺しに戻し、生成《きな》りの生地を裁ち台に戻すと、そわそわと路地へ出た。三、四十メートル先には、緩やかに城下町を蛇行しながら、遠く飾磨《しかま》港へと注ぐ船場《せんば》川が流れている。昔は播磨の産業を支えていたと伝え聞く川に、沿うように走る路地は二百メートル南下し、広い道路へ続いている。これを通称「産業道路」と呼んだ。

亜矢にとって路地から遠く眺める花火は、夏のささやかな楽しみであった。間近で体感する花火は、迫力と華やかさで何よりも見物客を堪能させるが、遠く光と音のずれを認識しながら眺める夜空の花火は、若き日へのノスタルジーに似て風情がある。

「ママ、見えないよ」

「あら、もう終わったのかな?」

「おかしいわねぇ、確かにこの方向よね」

先客の母と子も、亜矢と同じく花火の音で此処へ来たらしい。先ほどまで聞こえていた音は止み、暫く花火は見えなかった。

「向こうの賑やかな明かりは何ですか。あんな高いビル、あったかしら?」

まるで道路を塞ぐかのように抜きでたビルが、無数の明かりを灯していた。

「ほんとだ。いつの間に、あんな高いビルが建ったのかなあ。あれはマンションですか?」

亜矢は、街灯に照らされながら話しかけてくる若い母親に全く面識はなかったが、花火を待ちわびる気持ちは同じで、直ぐに打ち解けた。

駅周辺の大掛かりな開発は、亜矢が出掛ける度に様変わりしている。大手の不動産ビルが立ち、テナントは多くの業種で活気づいていた。そして日が沈む頃、ビルの窓々に明かりが灯るのだ。昼間は気にも留めなかった前方の風景が、夜には不夜城の如くそびえ立っていた。花火が見えにくいのは、その要塞まがいの仕業であろう。飾磨港はそのビルよりもさらに南の播磨灘の要港である。

「あっ、見えた。見えた」

「どこ?」

「ほら、あのマンションの左上よ」

マンションの屋上から、わずかな花火の輪が覗き、やや遅れて音が届いた。その上、わずかな花火の輪に神社の大木が枝を伸ばして一部を覆っていた。

「ママ、もっと見たいよォ」

「そうだね、でも少し見えたから良かったじゃない」

やがて三人は、少し物足りないまま静かな花火見物を終えて、家路についた。

亜矢は再び裁ち台に向かい、生成りの生地でジャケットの仮縫いを始めた。短い花火見物で再認識したことは、時代の移り変わりであった。あの若い母親の横顔も然り、新しく浮かび上がっていたビルも然り、知らぬ間に周囲の住人や環境が変化していたのだ。これは歳を重ねてきた亜矢自身が、新しい情報にたいして無関心でいるからだろうか。今の亜矢は、新しいものより古い時代のものに触れる喜びを知ってしまったのだ。

亜矢は、再び洋裁に夢中になっていった。

今夜も夫の忠志は、誘われるままに帰宅が遅くなるらしい。これと言って趣味を持たない忠志は、仕事とその関係者との付き合いを大切にした。地方公務員を退職後、お決まりの団体役職が用意され、五年間は不動の地位で働けるのだ。それも二年後に終了する予定だが、その後の生活に何の計画も描いていない。永年にわたり、地方公務員として真面目に働いてきた自負が、忠志にゆとりを与えていた。

現在の安定した生活は、時代の変化に左右されながらこつこつと築いてきたものであり、子育ての時期は亜矢も人並みの苦労をした。息子たちが独立した今、贅沢さえしなければ十分に足りる生活を送っている。前提は家族が健康で過ごすことだから、からだに良い食べ物だと聞けば、惜しみなく買い求め、生活に悪影響を与えそうなことには、極力無関心になれた。亜矢は身の丈の生き方を熟知した専業主婦だった。

そんな亜矢が、二年前から友人に誘われて洋裁を始めた。

「リフォーム研究会」と称する洋裁教室は、年齢幅も広く受け入れられ、主に和服のリフォームが中心である。月一回の教室は、何かと忙しい亜矢にとっては好都合であり、十分に楽しい交流の場となっていた。

指導者の桜井はボランティア精神が旺盛で、初心者にも丁寧な指導と魔法のような技術を提供してくれた。

さらに亜矢にとっては、亡き母の千代子が残した着物や帯に触れながら、想い出を辿り寄せる楽しい時間が増えたのだ。ゆったりとした時間のなかで生地を選ぶとき、若い頃には気付かなかった日本人の美意識に改めて触れることが出来た。時には、着物の色彩や柄、帯の文様など日本の染織技術の複雑かつ緻密さを確認し、和服の伝統の重みに圧倒されてしまうのだった。

時代のながれが、周囲の人や環境を変えたとしても、日本の着物の伝統は万葉の時代から生きつづけており、これからも絶えることは決してない。

亜矢が着物に興味を持ったのは、必然的結果である。物心がつく以前から、亜矢は着物姿の母に抱かれていた。豊満な乳房を紅葉のような手で触れながら、乳首を頬張り空腹を満たした。母はいつも笑顔で亜矢を見つめていたに違いない。時には溢乳で着物を汚し、それが木綿の浴衣であれフランネルの寝衣であれ、幼い亜矢にとっては母の匂いだった。

成長するにつれ外出時の母の着物を身に着ける時の衣擦れや、帯を結ぶ絹鳴りのキュキュという音が、亜矢の聴覚に快い音として定着した。子犬のようにまとわりつくとほのかに防虫剤の芳香を残す着物の感触も、母そのものだった。

そして何よりも着物に興味を持つ最大の理由は、亜矢が紛れもない日本の女であるということだ。

嫁ぐ日、嫁入り箪笥に詰められた着物は、両親の愛情の証である。嫁いだ娘が着るものに困らぬようにと願う、古き時代の慣習を受け継ぎ、当時の親たちは娘の嫁入り箪笥に詰めたのだ。戦後一変した生活様式で、着物は従来の普段着のイメージから贅沢な晴れ着へと変化した。すでに若者の普段着は洋装化し、着物離れが定着していたが、嫁入り箪笥の慣習は引き継がれていたのだった。

両親、とりわけ母の千代子が箪笥に詰めた亜矢の着物は、いったい何回ぐらい陽の目を見たことだろう。亜矢が袖を通した限られた着物は、息子たちの成長の節目の行事や婚礼、そして父母の葬儀に着たきりだった。その他はしつけ糸を外す機会もなく、俗に言う箪笥の肥やしとなっていた。毎年、畳紙を開き着物に風

を通しながら、

「いったい誰のための虫干しかしら」

娘のいない亜矢は苦笑していた。

一方、着物をたたみながら、衣擦れの感触に心が満たされるのも事実であった。生地の種類により手触りが微妙に違う着物に、さらなる興味を抱きながら、もっと着物のことを知りたいと思った。

日本の染織は、昔からの伝統的な手仕事から、近代技術を駆使した大企業での大量生産まできわめて多種多様である。その工程は専門家に委ねるとしても、亜矢はそれらの知識の何事も知らずして、老いていくのは不甲斐ないと思うのだ。さらにその気持ちは、歳を重ねるごとに膨らんでくるのだった。千代子が生きていたなら、知っている知識を惜しみなく教えてくれただろうが、それはもう叶わぬことである。

千代子が亡くなって三回忌の法要を済ませた後、兄嫁の恭子と一緒に遺品の着物を整理した。恭子はその殆どを、心よく亜矢へ譲った。

「お義母さんは着物が好きだったわね。私と娘にも少し頂くけど、出来るだけ娘の亜矢さんが身につけてあげるといいわ」

「私とは体型が違うから、間に合わないと思う。それに、これからは着物を着る機会もないと思うわ」

「そうね、お義母さんは小柄だったからね。それでも、無駄にできないわ。そうだ、貴女、いつだったか、洋服にリフォームしていたでしょ。それならいいんじゃないの」

「そう、夢中になったことあったわ。あの時、母さんはご機嫌斜めで、悲しそうだった。…だからあれ以来、私の着物、リフォームするのは止めたの」

「あれから何年も経ってるわよ。それにね、あのときの紬《つむぎ》は、お義母さんの気に入りの着物だったのよ。紬を着た亜矢さんを一度でも、見たかったのよ。後でお義母さんが、何回も私に愚痴ってらしたから覚えているの。お義母さんだって、自分の着物を捨てないで娘や孫が着てくれたなら、嬉しいはずよ。たとえ形を変えてでもね」

「そうね。私の着物でなくて、母さんの着物なら考えてみるわ」

洋裁教室に誘われたのは、そんな頃だった。恭子が亜矢の背中を押してくれたから、「リフォーム研究会」の新参者になれたのだ。

（二）

以前、亜矢は、自分の着物を千代子に相談せず、洋服にリフォームして、母親を悲しませたことがあった。もう、ふた昔以上も前のことだ。

当時、突然同級生の友紀《ゆき》が亜矢の近くへ越してきた。美人で人なつっこい性格の友紀の周りには、いつも人が集まってきた。——天は人に二物を与えず——というが、美人で明るい彼女に、天はさらに行動力も商才も与えていたようだ。友紀は、主婦業の片手間に種々の訪問販売をしていた。そのすべてが順調で、数年後には貯えを元手に、自宅で「ブティック・ユキ」をオープンするまでに至った。

「あーちゃん、今何してる？　お茶に出ておいでよ」

定期的に、友紀は連絡してきた。

「ありがとう。すぐ行くわ」

やや世間に疎い亜矢は、毎回豊富な話題で周囲を楽しませてくれる友紀との時間が楽しくてたまらなかった。

自宅の居間を改造した店はさほど広くはないが、お洒落にレイアウトされた商品と、片隅には小さなテーブルとソファが備えられていた。客を商品を良く見渡せる位置に案内し、店主は客と四十五度の角度に座り対応する。友紀は如才ない経営者となって、大勢の客を虜にした。

「昨日、仕入れてきたの。あの白いワンピースなんか、アーちゃんにどうかしら。似合うと思って選んで来たわ」

コーヒーを勧めながら、それとなくつぶやく店主。

「そうかなあ」

少し不安をもたげる客。

「一度着てみてもいいわよ」

そして、ミニ・ファッション・ショーが始まるのだった。

常の亜矢なら試着して大袈裟に褒められると、つい買う気になるのだが、その日は白いワンピースよりも、隣の玉虫色のチャイナ服が気になった。深い緑がかった、それでいて紫にも見える上品な玉虫色だ。その上、独特のスマートなデザインが気に入った。

「あのチャイナ服はどうしたの？」

「あれはね、宮下さんのよ。雨ゴートをリフォームして頂いたのが、出来上がっているの」

「雨ゴート？」

「そう、雨ゴート。宮下さんはね、司会のお仕事されてるから、洋服がいろいろと必要なのよ。雨ゴートなんて近頃は着ることもないでしょ。だから、リフォームして貰ったの。あの玉虫色が、ステージに映えそうでしょ」

「すてきね。どなたに仕立てて頂いたの？」

「花井先生よ。ほら、いつもお直しを頼んでいる花井先生。私も、コンスタントに先生にお仕事が回るように気を遣っているのよ。アーちゃんもまた考えといてね」

　亜矢は初めて、着物のリフォームの完成品を見たのだった。触れると揺らめくように色が変化し、あの衣擦れの音がした。反物を無駄なく直線利用する着物スタイルから、曲線を利用した洋服やチャイナ服に形を変えたなら、異なる感覚の存在感が漂う。蚕の繭からとった繊維で織り成す絹織物は、光沢があり染織の上がりが美しく弾力もあって、昔から衣服の素材としては最高のものである。

その日から、亜矢は和箪笥の引き出しを頻繁に開け閉めするようになった。長男、一朗の七五三詣に着た薄いピンクの手描き友禅を引き出しから取り出し、畳紙を開く。次男、二朗の七五三詣に着た小紋縮緬《ちりめん》を引き出しから取り出して同じように並べ置き、見比べながら思案した。どちらも七五三詣以後、再び着る機会がなかった。

数日後、小紋縮緬の型染めは赤や緑を使ったもので、もう二度と袖を通すことはないだろうと判断すると、わき目もふらずに「ブティック・ユキ」へ向かった。洋服に仕立ててもらうためだ。

花井の助言を聞きながらデザインを決め、寸法を計り、花井が製図を引く。裁断から仮縫いへ、工程での打ち合わせは楽しみ以外の何物でもない。一か月足らずで、小紋縮緬の着物がベストスーツに変身して手元に届いた。

絹織物のしなやかさが、十二枚はぎのセミロングのスカートとなって揺れていた。幾何学模様の型染めは、洋装のベストスーツに変わっても、特別に違和感もなく馴染んでいた。派手な色合いと模様で、もう着物として着ることはないだろうと思っていたが、ベストスーツならこれから何回となく着ることが出来る。亜矢は有頂天になって、外出が楽しくなった。

来年は一朗が高校を卒業するのだが、近頃は既に、卒業式で着物姿を見ることが少なくなっていた。早くも新しい考えが亜矢を虜にする。

やがて新年を迎えると、再び亜矢の箪笥の開け閉めが頻繁になった。しかし、専業主婦の亜矢には、気がかりなこともある。

「アーちゃん、卒業式ならスーツだね。また花井先生に相談すればいいわ」

友紀はこともなげに言うが、亜矢の脳裏に夫の忠志の顔がよぎった。しかしすぐさま打ち消し、

——せっかくの卒業式だもの。許して貰うわ——

と開き直った。

後日、金茶色の小紋縮緬と淡いグリーンの紬の着物を選ぶと、畳紙に収めたままブティック・ユキへ持参した。友紀の助言を聞くためである。一朗が誕生する以前に一度だけ袖を通した着物であった。

結婚生活に慣れて来た頃、亜矢は一人で着物を着られるようにと、神戸きもの着付け学院の姫路分校へ通い出した。当時、「石を投げれば必ず着付け教室にあたる」と陰口を言われるほど、着付け教室が盛んであった。

当初は、軽い気持ちで始めたものの、基礎コースが修了すると専攻科コースへと進みたい願望に駆られた。その旨を若い着付け教師の田中に伝えると、専攻科のある着物着付け教室を紹介すると約束してくれた。数日後には駅前のN学院へ一緒に挨拶に行くことが決まったが、田中は、初めての紹介なのでひどく緊張していた。亜矢にも間違いを起こさぬようにと何回も言い含めた。

「田所さん、ご挨拶にはきちんと身繕いして行きましょうね。大丈夫？　時間に遅れてはいけませんよ」

当日、亜矢が初めてしかも一人で着た着物がこの紬だった。

「田所さん、上手に着られていますよ。これで安心ね」

淡い橙色の道行コートを羽織った亜矢の姿を田中は褒めた。手には神戸から用意して来たらしい手土産を提げていた。

専攻科を卒業すると次は同学院の師範科へ進んだものの、無事卒業した時は長男が生まれる二か月前だった。資格はとれたが、出産準備にかからねばならなかった。

子どもが生まれると、育児は着物への愛着をすっかり忘れさせるほど忙しく、楽しくもあった。着物よりも我が子を愛でる日々が始まった。取得した知識や技術を顧みることもなく、亜矢は全てを放棄してしまったのだ。田中の気遣いや、他の教師の手を煩わせてまで得た知識だったが、それを放棄するのに、何のためらいも後悔もなかった。

あの日以来、この着物には一度も袖を通していなかった。長男の一朗が、春に高校を卒業するのだから、二十年も経過したことになる。

「アーちゃん、この着物はしつけが残っているわ。それに金茶色の小紋柄は、これから先も十分に着られるわよ」

二枚の着物を見比べながら、友紀が言った。

「そう?」

「だからこっちがいい。色も梅春だし、卒業式の季節にぴったりだわ。私に任せてよ。間違いなしね」

「そう、お願いします。スカートは前のように、裾を少し開いてほしいわ」

「何言っているの。紬にはシャキッとしたスーツが似合うわ。スカートはタイトスカートにすべきよ」

「そうなの？」

「私に、任せて。間違いないから」

同じセリフを友紀が重ねた。自信に満ちた友紀は、いつも形の良い顎を上向かせる癖がある。

こうして亜矢は、一朗の生まれる前に着た着物を、高校の卒業式に着るために、洋服へと仕立て直したのだった。二十年箪笥に潜んでいた着物に、再びスポットライトが当たった。

花井は、亜矢の希望を出来るだけ取り入れながら、セレモニーだけでなくお出かけ着としても通用するスーツを仕上げてくれた。

紬は紬糸を使用して織った織物、つまり「紬糸織物」の略である。本来、経糸《たていと》、緯糸《よこいと》ともに紬糸を用いたらしいが、現在では経糸に絹糸を用いたものが多く織られている。平織で、布面は絹糸織物に比べ平坦さに欠け、光沢も少なく節があり、ざっくりとした感じの素朴な風合いの織物である。新しいスーツに生まれ変わった生地も、よく見ると緯糸に節があり手触りでも紬の風合いが感じられた。

本来、紬糸の原料である真綿は、製糸出来ない出がらし繭・玉繭など養蚕や製糸の際に出るくず繭など、廃物利用の自家用織物として生まれたのである。養蚕地帯ではどこでも普段着として、古くから織られていたようだ。戦後は洋服が普段着として定着し、着物がおしゃれ着として魅力を増してきた。現在では、紬糸の多くは完全な繭からとれた良質の真綿を材料にして作られているのだ。出来上がった新しいスーツは、紬であるがシュッシュッと衣擦れの感触が亜矢の手のひらに残り、その上とても軽かった。

また紬は、縮緬のような後染めではなく、糸の状態で染色し製織する先染織物の代表的なものである。先染めした経糸と緯糸が生み出す模様も、気の遠くなるほどの工程を経て織り上がるのだ。また産地によって縞や絣《かすり》、格子、絵絣など伝統的な織法を苦心し受け継がれ、結城紬、十日町紬、上田紬などと名を残している。

手元のスーツがどの地域の紬なのか亜矢には解らない。生地が淡い緑に見えるのは、先染めされた緑の絹糸を経糸に、良質の真綿から作られた白い紬糸を緯糸にして織っているためであろう。十五センチ間隔で緯糸に淡い朱や青の糸が一センチ幅で横縞模様を呈し、不思議なしかしどことなく落ち着いたスーツに出来上がってきた。亜矢の気持ちの高まりはますます大きくなった。母親の千代子に見せたくなったのだ。千代子がどんな反応を示すのか楽しみだった。喜んでくれるだろう。亜矢は有頂天になって、その時を待っていた。

一朗は高校を卒業し、大学へ進学した。孫のために祝ってくれた千代子に、お礼と報告を兼ねて、亜矢は実家を訪れた。

「ご無沙汰しています。この度はいろいろと有り難うございました」

まず兄嫁の恭子に挨拶し、父、俊夫の遺影に挨拶した。

「一朗ちゃん、本当におめでとう。これで亜矢さんも、やれやれだわね」

「ひとまずね。まだ後に二朗が控えてる」

「子どもは大きくなって欲しいけど、気苦労が多いわ。亜矢さんは男の子が二人で、頼もしいわね。皆さんお変わりない？　忠志さんは、相変わらずお忙しいのね」

　やや皮肉って問いかける恭子だが、性格は大らかで亜矢とは相性がいい。

「ええ、いつも忙しいようよ。お義姉さんに宜しく、と言ってたわ」

　忠志は、この優しく厳しい兄嫁と同級生で、亜矢との仲を取り持ってくれた恭子に、未だ頭が上がらないのだ。実家への足が遠のく忠志を、家族の中で一番理解しているのも恭子だった。

「それで、お酒の方は相変わらずなの？」

　恭子は、亜矢の耳元でいたずらっぽく言った。忠志の酒の上での失敗を知っているから、本当に心配で聞いているのだ。

「だいぶ弱くなった、なんて本人は言ってるけど、相変わらずよ。他に趣味も無いし、楽しいお酒だから黙認してるの」

「確かにそうね。亜矢さん、今日はゆっくりするといいわ。早く、お母さんの部屋へ行ってあげて」

　亜矢は、中庭の向こうの千代子の部屋に向かった。庭をコの字型に囲んだ廊下を廻ると、月見障子を上げて、千代子がちぎり絵に興じているのが見えた。数年前まで父の俊夫と千代子がくつろいでいた和室は、整然と広く感じられた。千代子の元気な姿を見ると安心するのだが、老眼鏡をずらし背中を丸めてちぎり絵に夢中になっている姿は、実際より老けて見えた。

「こんにちは。相変わらず頑張ってるのね、歳なんだから無理しないでよ」

「あれ、来ていたの？」

千代子は眼鏡越しにちらりと目を離したが、また手元に視線を戻した。

「母さん、この度は一朗のためにいろいろと有り難う。あの子も何とか学生生活を楽しんでいるみたい。安心してね」

「そう、良かったね。遠い所へ送り出したので、心配したけど。大丈夫だね」

手元の作業が一段落すると、千代子はゆっくり顔を上げた。

「あれっ、亜矢、その服はどうしたの？」

「さすが母さん、気がついたの？　これいいでしょ。こうすると、着物と違った雰囲気でしょ」

「……どうして、そんなことしたの……」

まじまじと見つめながら、つぶやいた。

「今ね、こうするのが流行ってるみたいよ」

「いくら流行っていても、潰してしまうと全く値打ちはないよ。亜矢の着物姿が見たかったのに……」

そう言うと、また和紙をちぎり始めた。見本と色合わせをしているようだが、表情は明らかに硬くなった。

「その紬は、私の一番のお気に入りだったからね、よく覚えてるよ……」

娘を嫁がせる時、箪笥に詰めた着物を、何年経っても覚えているらしい。その声は何とも淋しげで、悲しく聞こえた。

嫁入り箪笥と着物は、何年経とうが母と娘の縁《えにし》そのものだったのか。千代子が喜ぶだろうと思ったのは、亜矢の独りよがりだったのだ。

あの日以来、亜矢は決して千代子が揃えてくれた着物をリフォームしようとは思わなくなった。世代の違いは価値観を異にしても不思議ではないが、亜矢の着物への思いは、千代子の傍で育まれたものだから、母の気持ちを大切にしたかった。母親の悲しげな顔はもう見たくなかった。

（三）

生活の多様化は衣生活においても影響が大きく、日々変化している。行き交う人々、特に若い世代は個性豊かに、自己アピールしていた。ウエストの位置の高低差、超ミニスカートとロングスカートが街を行きかう。表縫いと裏縫いの混同。その上ジーパンには、わざわざ穴を開けたり脱色したりと、その奇抜さを疑ってしまうのだ。

ところがそれら奇抜なファッションも、新旧論争をするいとまもなく、いつの間にか違和感が薄れて順応していく。モダンな生地で伝統的なデザインを考え、伝統的な生地をモダンな服装に仕上げることは、もはや常識の域となっていた。「リフォーム研究会」の新参者となった亜矢は、新しい境地を楽しみ始めた。一層着物離れの生活を送りながら、着物の生地に触れる機会に恵まれ、考えを巡らせ、形を変えて身に装う。そんな贅沢を楽しむ時間が出来たのだった。

まず生地選びである。亜矢は生地の種類の見わけは難しいので、基準を色や柄に絞って選びだす。千代子が着たであろう着物や帯の畳紙を一枚ずつ丹念に開いて考える。何故か反物のまま残っているものは、開いては眺め、眺めては巻き戻した。

同時に、それらから何が創れるだろうかと考えてみる。ファッション雑誌から選んだり、仲間の作品からヒントを得ることもある。最後には、指導者の桜井に相談し助言を聞いた。それより何より、亜矢自身の技術の未熟さを優先せねばならなかった。桜井の苦労は、尋常ではない亜矢の能力を考えねばならなかったのだ。そして、桜井の褒め言葉で魔法をかけられたようにやる気を起こす亜矢だった。

亜矢は、まず夏用のワンピースに取り掛かった。襟なし、袖なし、ボタンなしの、全く初心者向きのデザインである。生地は手つかずの反物に決めた。黄緑色の生地に白の小紋柄である。小さな文様をよく見ると、一面に洋風家屋が図案化されており、一見地味だがモダンな柄の型染めである。さらさらと手触りもよく扱いやすかった。

三十六センチメートル幅の反物から型紙通り身頃を切り取るには、ひと工夫必要であった。亜矢の身長に合わせて裁つと、生地には全く余裕がなかった。これは、羽織用に織られた羽尺の生地だったらしい。

―母さん、いつか羽織にしようと思っていたのかな。それなのに、ついに果たせなかったんだわ。母さんらしいこと―

いろいろと想像してみるのだった。

ワンピースの仕上がりは、シンプルで着心地が良かった。反物で見た時の印象よりもすっきりと仕上がり、体型が十分カバーできた。亜矢は気を良くして、同じデザインを再び挑戦することに決めた。

次に用いたのは、藍染めの名古屋帯である。お太鼓柄には白百合の花が描かれ、臈纈《ろうけつ》染め様の仕上りであり、藍と白のコントラストがいい。

染め帯は一般的に織帯より格下で、おしゃれ感覚を楽しむ帯である。亜矢が察するところ、千代子はこの帯を気に入って、何回も締めたようだ。解いてみると、縫い代や裏に比べ、表の色褪《あ》せが目立っていた。そのうえ、仕上がり間近に生地が少し裂けてしまったのだ。急遽、裏から当て布をして刺繍もどきで繕ったところ、却ってそれが良い評価となった。藍色に白の模様が際立ち、人の視線も多少誤魔化せたようだ。ただ、模様合わせのため桜井を悩ませたこと、限られた生地の長さで、仕上げが少し短くなったことが残念だった。

秋になると、紫の絞り染めの羽織を解き、湯のしの代わりにスチームアイロンをかけた。

絞り染めは、生地を縫ったり強く圧迫したりして染料が侵入するのを防いで文様を表現する染め技法である。その工程は、一目一目つまんで糸を巻き染色するなど複雑で、仕上がるまでには想像以上に手間暇のかかる作業である。

この絹の生地には、鹿の子絞りだけでなく縫い絞り等も組み合わせてあるので、総鹿の子絞りのような華美さはなかった。一部分のみの鹿の子絞りでも、四角に近い丸型の小さな粒がまばらに散ったように現れ、繊細な感覚が伝わってくる。

「田所さん、その紫の生地でブラウスを創ったらいいと思いますよ」

桜井の助言でブラウスの作成に取りかかったのだ。ブラウスにするためには、絞り染め特有の隆起部分をある程度延ばさねばならなかった。

「アイロンがけは、木綿のように強く引っ張ったりしてはいけません。絹織物は当て布をして、上から優しく押さえるように掛けてください」

桜井の助言は、常に亜矢の脳裏にしみわたる。

期限なしで催促なしの仕立ては、秋も深まった頃に、ようやくチュニック風のお洒落なブラウスに仕上がった。

――母さん、ちょっと派手過ぎたかな？　母さんが見たら、きっとびっくりするよね。こんな派手な羽織を、母さんは一体いつ着ていたの？　私が生まれる前なの――

亜矢にとって月一回の稽古日は、他の家事もこなしつつ、自分のペースでゆったり進められた。与えられた宿題をしながら、時間が空けば次の作品へと考えを巡らせる。時には、気分転換に千代子の衣装を覗いて見たりした。

今度は帯に目が留まった。

織帯は、織技術が多種多様である。綴《つづり》、唐織、糸錦から緞子《どんす》、博多織など格が高いものや、八寸名古屋の西陣織や、ゴブラン織り、紬地などのカジュアルな帯もある。

千代子の帯は、どのような時にどの着物と組み合わせて結んでいたのか定かではない。亜矢は、「染の着物には織の帯」「織の着物には染の帯」の基本型を千代子から教えられた記憶がある。

紋織りが酷似している白い博多帯が、二本残されていた。千代子が博多帯を結ぶ時、キュキュと鳴らした絹鳴りを亜矢は覚えていた。

二本のうちの一本には、千代子の長い人生のシミが浮かび上がっており、人前に出せるものではなかった。幸い裏にまでシミは広がっておらず、真逆の模様も美しい。亜矢は和室の出窓の長さに合わせて、惜しみなく鋏をいれる。両端の緯糸を七センチ解いて、房を作ると出窓に敷いてみた。残り布は飾り棚に合わせて同様に作ってみると、夏用の涼しげな敷物が出来上がった。

——二本目の博多帯は、シミで無駄になった一本目の代わりに、後から買い求めたのかな——

——新しい帯を買ったのに、シミが出来た古い帯も、愛着があって捨て難かったのではないのかな——

尽きない想像が楽しい。

二本目の博多帯は、保存が良かったのか白さにくすみが全くなかった。亜矢はこの帯にはあえて鋏をいれず、座敷机の対角線上に置いて、二重に折り返してみた。粋なテーブルクロスになり、夏の和室が一層涼やかになった。

名古屋帯は、解いて大小の袋物や小物入れにしてみると、実用的かつ、お洒落な作品になった。

秋は、ゴブラン織りの帯をあっさり切って、同じように両端に房を作って、下駄箱の上に敷いた。

袋帯は、格調の高い古典文様が多く、解いた後は柄を考えながら、用途に合わせて幅と長さを整え、再び縫いとめた。姿見や整理簞笥のカバーにすると、部屋の雰囲気が大いに変わった。

やや古びた畳紙を解くと、それは丸帯だった。

丸帯は、広幅に織った一枚の帯地を、縦に二つ折りにして仕立てた帯である。礼装、盛装用の最も格調の高い帯であり、亜矢の結婚式に千代子が締めていたのを思い出した。

「これはね、私の母さん、亜矢のお祖母さんの花嫁衣裳なんよ。この帯を締めて嫁いできたんだとよく言っていたわ。私が父さんの所へ来るときも締めていたわね。後で届けてくれたのよ。これ以上の盛装はないからね、亜矢の結婚式にも締めてくよ」

結婚式の前日に、千代子が感慨深げに教えてくれたのだった。

帯地全体に文様を織り出した唐織で、模様が刺繍をしたかのように浮いて見える華麗な絹織物であった。色合いは褪せたベージュ系であったが、落ち着いて見えた。文様は松・竹・梅・鶴・桐・菊・流水・扇子などが図案化され、全通しで重厚に織られている。手に取ってみると、亜矢の両の掌に優しく沿い、予想外の軽さであった。それは、亜矢の袋帯の感触とは全く違っていた。

何年もの間、引き出しの中で他の帯に押さえつけられながら、祝いの日が来るのを待っていた。やがてやって来た祝いの日に、ぎゅっぎゅっと人の手で結ばれる度、こんなにもしなやかに馴染んできたのだろう。

――花嫁衣装に締めて来たお祖母《ばあ》ちゃんも、きっとその上の曾祖母《ひいおばあ》ちゃんに譲り受けていたのかも知れない――

と、亜矢は想像する。

よく見ると、半幅に折った折山の刺繍がすり減って、傷みが目立っていた。それは、何年もの時代を箪笥の中で耐えながら、幸せの日だけ主人公になれた愛おしい丸帯の傷みであった。

筒状に小さくまとめながらそっと両腕に抱えこむと、亜矢は優しい気持ちになってゆく。

――いつも目に留まるところに置きたいから、タペストリーにどうかしら。今度、ゆっくり考えてみよう――

（四）

季節が変わる度に和箪笥の引き出しを眺める。いつの間にか発想も移ろいでゆく。

冬の寒い季節はコート類に目が留まり、仲間にはフードつきのコートやポンチョが出来上がっていた。桜の季節が近づくと、明るい色柄の生地が教室を彩り始めた。

そんな時、亜矢は古い桐箱に収められている反物を見つけた。蓋は黒ずんでボンドが外れ掛けている。反物は生成りで、白色がくすんでいる。巻き初めに「江美上代織」と大きく文字が押されていた。㊨の明瞭な印が残っており、もう一つの印字はやや不鮮明だが、滋賀県・正絹などの文字が読める。浜縮緬に違いなかった。並んでいる黒い数字の、6ル－1203は製品番号だろうか？　それとも製造者番号だろうか、知る由もない。朱色の13・10・1は検査日かも知れない。

だとしたら、昭和か大正の時代だろう。

――母さんは、昭和七年生まれだし、お祖母さんは大正元年生まれだと聞いているわ。どういうことなの――

――それにしても、母さん。どうしてこんな古い反物を置いていたの。これは誰かからの頂きものね。気に入っていたら、すぐに仕立てたでしょうに。気に入らなかったのね。何か訳ありだね。でも秘密持ちの母さんも、人間的で素敵よ――

亜矢は、いつものように染織標本集を手元に寄せて、見本の生地と比べてみた。

生地は、一越《ひとこし》縮緬の感触に比べると紬のようにざっくりしており、二越《ふたこし》縮緬と比べれば、それよりもどっしり感はなく、しぼも小さい。

染織標本集によると
『最近では、変わり無地縮緬として、変わり撚糸を用いて平織された織物が、無地縮緬の中で最も多く生産を上げている』

とあるから、亜矢はとりあえずこの反物を変わり無地縮緬とした。変わり無地縮緬は、縮緬の風合いを残しながら、湿気に強く縮みにくいそうだ。未熟な技術の持ち主である亜矢にとって、無難な生地だろうと思った。その上、生成りは汚れも目立たず、カジュアルっぽくて着回しが出来そうである。

早速、桜井に相談した。

「先生、これでパンツがつくれますか？　紫のブラウスに、合わせてみようと思います。似合うかしら」

「いいですね。田所さん、これで白いパンツとジャケットを創ってみたらどうでしょう。生地は十分ありそうですよ」

「ジャケットもですか？」

「そうです、パンツ・スーツです。白のジャケットは、一枚持っておられたら何かと便利ですよ」

「難しそう…。私に出来ますか？」

「大丈夫ですよ。ゆっくり進めましょう」

そして、暑い夏が来た。

パンツが出来上がって、紫のブラウスと合わせて着用した。ジャケットに手間取っている。仕上がりまであと一息である。

亜矢は今日も、古い和服の生地に魅せられて、その想い出に浸りながら、期限も催促もない仕立てを楽しんでいる。

木下健一

あさひケアハウスでの人々

姫路市は西部、夢前川の河口近く、西岸のマンション一階に、通所介護・小規模多機能訓練施設としてのデイサービス《あさひケアハウス広畑》はある。

その施設に通う石田睦夫《むつお》は八十歳。高校教師を長く勤め、定年退職後は地域の公民館長を五年ばかり続けた。その職を退いたのちも、市の主宰する生涯大学校のボランティアを勤めたり、同好の士の集まる読書会や映画・演劇の鑑賞サークルに参加したりして、老後の生活を楽しむのに余念がなかった。

ところがいつの間にか七十代に入ってからの自分が、足をひきずるように歩いているのに気がついたのは迂闊であった。壮年時代を含め現役時代に登山を趣味の一つとしていた睦夫は、軽い腰痛ぐらい、とタカをくくっていたのである。するうちに年齢を加えるにつれ、下肢にしびれを覚えるようになり、歩行中にもしばしば休まなくてはならなくなってきたのである。そして真夜中、小用に立とうとした時、瞬間的にではあるが、腰部に激痛が走るようになり、思い余ってかねてより心臓疾患の治療を受けていた赤十字病院の整形外科の診察を受けたのである。五年前の七十五歳の時であった。結果は、かなり重度の腰椎《ようつい》背柱《せきちゅう》管狭窄《かんきょうさく》症《しょう》という診断であった。そしてこれを完治するには大規模な手術が必要であり、過去に心臓疾患による入院や肺水腫の病歴を持つ後期高齢者であるあなたが、それに耐えられるかどうかは保証の限りではない、という。要するに安穏《あんのん》静謐《せいひつ》、日常生活に細心の注意を払ってリハビリを続けなさい、というご託宣である。そして訪ねた地域包括支援センターや、親身に考えてくれたケアマネージャーの尽力により紹介されたのが、開設間もない《あさひケアハウス広畑》であった。

石田睦夫のいつもの利用日、四月初旬、月曜の朝のことである。

検温、血圧測定等のバイタルチェックを終え、スタッフのリーダー格である金田千賀子の指導による準備体操を始めようとする時であった。利用者を迎えに出ているもう一人のスタッフ田村緑子がまだ戻ってこない。待ちかねた金田が、「それじゃ、みなさん、先に始めていましょうか」と、男女合わせて八名の利用者に声をかけた。田村緑子が肩に利用者のであろう手提げ袋を掛け、老婦人の手を引き、身体ごとドアを押し開けて入ってきたのはその時であった。

その老婦人を見た時、睦夫は「あれッ」と思った。利用日は違うが顔見知りの多田重子というばあさんである。確か八十五歳ぐらいだと承知していた。多田ばあさんは田村に手を副えられて、居合わせた誰にあいさつをするでもなく、不貞《ふて》腐《くさ》れたような表情で周りを見まわし自分の席に着こうとしている。中村さんと坂田さんという二人の女性が、互いに顔を見合わせて片目をつぶったのを、睦夫はつと目の先に入れていた。二人の女性はいつだったか口を揃えて睦夫に、多田重子ばあさんにさんざんとっちめられ悪態をつかれたということを、話して聞かせたことがあった。それはこういうことであった。——なんでもある日、中村さんと坂田さんがマシンを使いながらなんでもない世間話をしていた時、つと寄ってきた多田ばあさんが、「ちょっと、あんたら、何をペチャクチャいつまで喋ってんのやッ。うるさいなッ！　あんたら嫌いやッ！」と、臆面もなく罵《ののし》ったというのである——。

マシンの並んだ後ろの壁面には、利用者の描いたいろんな色紙が懸かっているが、その一枚の色紙にはこう書いてあることなど、多田ばあさんの目には留まらない道理であった。

《誰かのこと／キライと思ったとき／一番ゆがんでいるのは／私のカオと／私のココロ》

それに似た話を睦夫は多く耳にしていたし、多田ばあさんの野卑などなり声は、スタッフたちに対しても変わることはなかった。いつかの月始めだったが、多田ばあさんがスタッフの金田に難癖をつけているのを睦夫は直接見たことがあった。それは、先月のサービス利用料の領収印が、施設長梶原のではなく、金田の印であったのを指して、「いつからあんたはエライ人になったんや」と詰問しているのであった。大事な金銭受領印は、責任者の印でなければならないという屁理屈である。一事が万事、多田ばあさんは自分の意に反することには、いちいち文句をつけるのが常であった。

ことほど左様に、誰彼となく容赦のない罵詈《ばり》雑言《ぞうごん》を浴びせる多田ばあさんの存在は、《あさひケアハウス広畑》を利用する人たちの間ではつとに有名であった。

はたして遅れてやって来たその日も、多田ばあさんはのっけから剣呑であった。

席に着こうとする間も、「今日は行かへん、行かへん、と何べんも言うたのに、あんたが無理矢理連れて来たんやないか！」と、田村緑子にブッブツ言い続けている。金田千賀子がなだめるように穏やかに促しても、「ブルブルマシンなんかちっとも効かへん！　よけい腰が痛うなるだけやッ！」とわめき散らすのみである。中村さんや坂田さんや他の利用者たちも、ひそかに顔を見合わせている。結局その日の多田ばあさんは、マッサージ施術とメドマーという駆動マシンを使ったのみであった。

別の噂話として睦夫の耳にも入ってきたのは、同居していたばあさんの息子夫婦が、そんな母にいたたまれず、近所のマンションに転居したという話であった。それにまつわるエピソードであるが、別の曜日の利用者で睦夫の親しくしている有賀治男という老人がある。以前は睦夫と同じ利用日だったのだが、都合により別の曜日になった。多田ばあさんの息子という人は市の外郭団体の事務局に勤めている人で、有賀老人は何度か事務局を訪ね、その人と面談したこともある、という。ひょんなことから母親がデイサービスの世話になっているというのだが、なんとそのデイサービスというのが《あさひケアハウス》のことであるのには驚いた、という話であった。そんな話を聞いて有賀老人はもちろん、睦夫もまた、なんと世間は狭いものよ、と話しあったことであった。

月曜と金曜の週二回の睦夫の利用日には、どちらの日も睦夫以外の男性利用者は一人しかいない。数名の男性がいたのだが、いつの間にか別の施設に入居したり亡くなったりしている。

睦夫が月曜にいっしょになる男性は、七十五歳ときいたが、瀬川明男という人。中村さん坂田さんと同じ網干《あぼし》から通ってくる。この人は、若い頃には八百屋の主人で商店街の役員もしていたそうだ。中村さんから聞いた話である。瀬川はやや肥満体ではあるが色つやもよく、一見健常者と変わらない。睦夫はいつも瀬川とは隣り合わせの席なのだが、言葉を交わしたことはない。話の交わしようがないのだ。そのうちに、彼は認知症を患っているのだということが分かった。時間を見計らっては男性スタッフの柳井青年が紙オムツらしきものを手に、トイレについて行く。柳井青年が目を離せば、自分の席がどこだったか分からず、身近な空いている席に腰を下ろそうとする。検温計も脇にはさんだまま取り出すのを忘れてしまう。時には胸ポケットに入れていたりする。マシンを使いながら居眠りの船こぎ。ある時ズボンのポケットから、数枚のしわくちゃになった一万円札を取り出し、かざして見ているのには傍にいた誰もがびっくりした。

もう一日の睦夫の利用日、金曜に一緒になるのは九十三歳の植原老人である。この人とは同じ地区の住まいなのでいつも送迎の車から一緒である。睦夫が初めて《あさひケアハウス》で同席した頃、簡単な身の上話をしているうちに、戦後すぐの頃、睦夫の岳父とは通勤電車でよく一緒になったと聞いてびっくりした。植原老人は、睦夫とは一回り以上違う。結婚生活五十年の余を経過した睦夫にとって、若かりし頃の岳父を知っている人に出会うのは初めてであった。そんなゆかりもあって、睦夫はなんとなく植原老人に親近感を持っていた。だが、九十歳を越えた植原老人はさすがに歩くこともままならず、スタッフに支えられ杖をついてのヨチヨチ歩きしかできない。睦夫は植原老人の耳許に口を寄せ、ちょっとした世間話をする。だが老人の言葉はほとんど聞きとれず、老人が何を語ろうとしているのかを察しなければならない。そうした切れぎれの会話の積み重ねにより、睦夫は、兵役を免れ軍需工場に勤めていた植原老人が、昭和二十年七月の米軍による姫路市街地への空襲で直撃弾を受け、九死に一生を得たことなどを知ったのだった。戦後は軍需工場から転じた汽缶工場に長く勤めたのだという。岳父と一緒に電車通勤していた頃のことだろう。さらに現在では長く連れ添った妻も脳梗塞に倒れ、予後のリハビリに自分とは別のデイサービスに通っていると言う。幸い娘夫婦がよくしてくれているが、いつまでも迷惑をかけるのが辛く、途方に暮れているとも言うのだ。

そんな話を聞いて睦夫は言うべき言葉を失なう。

そんな植原老人に、並んでいる椅子の背もたれに手をやりながら近づき、笑顔を浮かべて話しかけるのが、植原老人と同じ九十三歳の井戸郁代ばあさんである。椅子に腰かけたままの植原老人は元来大柄なせいもあるが、腰の曲がった井戸ばあさんより、その笑顔はまだ上にあるのだ。二人の老人はほんの二言か三言、「今日は暑いな、元気か」とか、「昨夜はようけ雨が降ったな」とか、他愛もないことを話しているのだが、老人二人が顔を寄せあい、にこにこと話している様を見て、睦夫は訳もなく小さな感傷に浸るのだった。そこにはほんの一刻の幸せがあった。

井戸ばあさんは、睦夫にとっても冗談を交えて話しやすい人である。井戸ばあさんはずいぶんと耳が遠いが、睦夫と視線が合うと、何かと話しかけてくる。睦夫が「井戸さん、今もきれいやけど、若い時はもっと別嬪《べっぴん》さんやったんやね」と大声でからかうと、両手を耳にかざして、「えッ、何？　もう一ぺん言うて」と、わざと聞こえなかったふりをする。「若い時は別嬪さんやったんやね」ともう一度繰り返すと、すかさず「今もきれいやでッ！」と指でえくぼを指して言い返すのだ。そんな明るいやりとりに、聞いている人たちはどっと笑い声をあげる。笑いの渦を巻き散らす小さな井戸ばあさんは、年老いた利用者たちにとっては、〝年老いたアイドル〟であった。そして施設開設時から通っている井戸ばあさんが、週二日の利用日を、一日も欠かさず通っているというのも、また驚きの的であった。

「石田さん、あんたどない思うてや？　株がエライ下がってしもうたがな……」

と、ある日お茶を飲んでいる睦夫に声をかけてきたのは、八十二歳の山野綾子というばあさんである。「えッ、何のこと?」と睦夫がけげんな顔を向けると、「イイユーや、イイユー。イギリスが離脱するいうてるやろ、それで株が下がってしもうて……」と、山野ばあさんは言う。何のことはない、イギリスがヨーロッパのEUから離脱すると決めた国民投票のおかげで、株が下落したというのである。さしずめ山野ばあさんは、株の下落で損をしたというのであろうか。そんな突飛なことをいきなり言われても、睦夫は面喰らうばかりである。それにしても、老齢の婦人にして、EUだとかいう世界的な規模の動きに関心を寄せているというのは、はなはだ奇特な種類の人種に属するのではなかろうか。愉快なばあさんである。

山野ばあさんは利用日が一緒、住まいも近く、睦夫とはいつも送迎車も一緒である。神戸に嫁いでいる娘が月に何度か訪ねてくれるというのだが、店舗跡を改造した大きな家に独り住まいを続けている。そして山野ばあさんは無類の話し好きで、日常に出くわした細かなエピソードなど、誰彼なしにつかまえては面白おかしく話して、笑いの渦を巻き起す。公務員である夫を婿養子に迎えた山野ばあさんは、親の代から続いていた酒店を切り盛りしてきた女丈夫であった。常に明るいばあさんの語り口は、長年にわたってのお客さんとの接触の中で、自然に身についた彼女の身上なのだろう。

ある時《マイカード》を登録申請するにはどうしたらいいの、と訊ねられたことがあった。睦夫は苦笑いしながら、「知らない、また勉強しておきますわ」と答えたのだが、別の日にはどこかから探ってきたらしく、保険の書き換えや株の売買に要るらしいよなど、改めて知らせてくれるのであった。また、酒店の家業を親から引き継いだばかりの頃は、およそ二年間というもの、無免許のまま御用聞きや配達に走りまわったと、あっけらかんと披露し大笑いを誘っていた。

だがこの人も今では低血圧症に加え、部屋の中を歩くのがやっと。勝手気儘に外に出かけることもままならない身だ。だが、平行棒や各種のマシンなど懸命にリハビリに励んでいる姿は、強い精神力の持ち主だな、とひとり睦夫は感心して見ている。

山野ばあさんに、格好の話し相手としてとっつかまるのは、これも九十歳を超えたばかりの西川ばあさんである。少し離れた席で睦夫は、二人のやりとりを聞くともなく聞いている。西川ばあさん――「ゆうべ、真夜中やのに電話が鳴ってな、あわてて起き上がろうとして転んでしもうたんや。胸と手と、それに頭も打ってしもうて。ホレ、こんなにアザが出来てしもうてな…」と、山野ばあさんにスラックスをめくり上げて見せている。

山野ばあさん――「そんなアホな。真夜中の電話なんかに、あんたが出んかてよろしいがな」と応じている。そして「どうせ、間違い電話に決まってまっせ」と、付け加える。

「もう今日は、マシンやめや」。西川ばあさんは諦めたように、めくり上げたスラックスを下ろしながら言っている。

圧倒的に多い老齢女性たちの中で一番若いのが、認知症の瀬川といっしょに通う中村さん。市役所本庁に長く勤めていたという。キャリアウーマンよろしく、いつもカラフルなカーディガンやスカーフをまとい、今でも睦夫が夜のデイトに誘ってみたくなるような小粋な女性である。いつだったか睦夫が小声で、「中村さんはおいくつですか」と訊いたら、これまた小声で「七十五歳です」と恥かしげに答えた。外見では分からないがコルセットを巻いているようだ。マッサージを受ける度に、カーテンの向こうではずしている気配だ。

もう一人、中村さんや瀬川といっしょに通ってくるのが坂田さん。鹿児島の出身だと聞いた。ずいぶん以前に、夫を複雑な病気で亡くしたらしい。詳しくは知らないが、中村さんと坂田さんは高層階に建て替えられた市営住宅に、それぞれが独居生活であるらしい。今年の母の日には、嫁いでいる中村さんの娘が、開店早々の回転寿司店に坂田さんともども招待してくれたという。中村さんが嬉しそうに話してくれた。

金曜には、殊更誰とも口をきかぬ女性が二人いる。内海さんという女性は、声を出すのが不自由な様子。スタッフやマッサージ師とは時々しぼり出すようなかすれた声で受け応えをするのだが、他の女性たちと親しく話すことはしない。ひょっとして自閉症なのかも知れない。小さな笑顔を浮かべて話を聞いているのみである。

完全な寡黙を通している女性は細野さん。《あさひケアハウス》では、毎月の誕生日に、該当する利用者に小さなプレゼントを贈るのだが、ある時その役を睦夫が受け持ったことがあった。その時睦夫は「細野さんお誕生日おめでとう。おいくつになられましたの…」と訊いたのだが、細野さんはプレゼントを受け取りながら、いつものいかつい顔をほころばせて「七十八です」、と嬉しそうに告げたのだ。みんなで拍手を送り、〝ハッピーバースデイ〟を唄ったのだが、なんだ、ちゃんと喋れるじゃないかと睦夫は思ったものである。だが細野さんのまともな声を聞いたのは、その時を含めて数えるほどしか無い。

《あさひケアハウス広畑》のスタッフの、実質的なチーフである金田千賀子のことを語ろう。彼女は四十二歳。施設開設以来のメンバーである。それに先立つ数年間を、大規模介護施設で働いていた彼女は、施設長梶原の信頼も厚く、三ヶ所目の事業所を開設すべく奔走している梶原に代わって、田村緑子と、もう一人の若い男性スタッフ柳井祐之と三人で、懸命に《あさひケアハウス広畑》の業務に取り組んでいるのであった。

その金田千賀子が最近とまどっていることがある。それは、ほとんど開設時からの利用者である有賀治男という八十五歳になる老人から、あながち「冗談でしょう」と一笑に付してしまう訳にもいかない話を持ちかけられているからである。有賀老人の話というのは、「あんたは結婚する気があるのか、ないのか」という問いかけであった。有賀老人が遠赤外線の温熱療法を受けるためベッドに横たわっている時であったが、千賀子が温度調節を確かめるためベッド脇に来た時、誰にも聞かれない小さな声で問いかけたのが始まりであった。千賀子は初めて有賀からその言葉を聞いた時、人生経験も豊富、趣味豊かな良識人である有賀にして私をからかうのか、と思った。その場は冗談めかして受け流したのだが、有賀の言をいぶかしく思ったのである。どうして有賀さんは私が未婚者であることを知っているのか、そんなことをおおっぴらに口にしたこともないのに……。ひょっとして、何かの話の合間に口にしたのだったろうか……。千賀子のとまどいは堂々巡りをしていた――。

雨あがりの翌日、有賀老人はウォーキングをプログラムに組んで欲しいと申し出て、柳井祐之が有賀に付き添おうと準備をしていた。それを見た有賀は、「柳井君でもええんやが、金田さん、ぼくはあんたとデイトしたいんやけどなァ…」と冗談めかして言うのだった。先達《せんだつ》て来のこともあるので、千賀子はそれと察したのか、「じゃあ、お父さん、デイトしましょうか」とにこやかに応じたのである。十五分ほど夢前川の堤防を行くのである。力強い新緑の葉を濃く繁らせた桜並木のトンネル。水かさの増えた川面に、一群の魚たちが泳いでいる。有賀老人は両の手にストックを、千賀子はその斜め後に寄り添うように歩を進めている。そして、ゆっくりとした歩みの中で老人が口にした。

「実はな、金田さん。もしあんたが承知してくれたら紹介したい、いや、というよりもあんたに引き合わせたい人があるんや」。やはりこの間から有賀老人がそれとなく打診していた話のことであった。有賀老人は千賀子の人柄や仕事ぶりを見ていて、ずっと思案を巡らせていたと言うのである。あんたの仕事中にこんな話をするのは失礼やが、それも許して欲しい、と言う。

有賀老人が言うその人とは、老人がリハビリ病院で世話になった理学療法士のことであった。老人は《あさひケアハウス》に来るきっかけにもなった大腿骨々折でT整形外科病院で手術、その後同病院リハビリ科で通算三ヶ月に及ぶリハビリ治療を受けていた。理学療法士とは、その療法技術もさることながら優しい気づかいの出来る人柄に深く親炙《しんしゃ》し、彼が得難いキャラクターの持ち主であることを感得したのであった。その理学療法士は千賀子と同じ四十二歳。名古屋の大学を出てのち、福祉の勉強をするためアメリカに二年間留学したのだという。

「……そんな、有賀さん、私にそんな……。私が婚期に遅れているのは事実ですし、今でも結婚を考えないことはないですが……、私は大学も出てないし、家の事情もありますし、とてもそんな立派な人と……」と、千賀子は率直なとまどいを隠さなかった。

有賀老人は、いささか唐突、性急に過ぎた自分の思いを詫びながら、付け加えた。

「ぼくはあなたの家庭の事情は知らないし、その理学療法士のことにしてもよく知らない。何も知らないといっていい。でも、ひらめいたんだ。そういう世間一般の世俗的なことは、この際どうでもよろしい、と。それはしばらく横に置いておいて、ぼくは偶然知った二人を、なんとか結び付けてみたい、とそう思ってるんだ」と。

有賀老人の、ざっくばらんな、真摯であるのは間違いない話を聞いても、千賀子は、ただ自分のひらめきに酔っている有賀老人の独り相撲だとの思いを消すことはできなかった。

「お気持ちは嬉しいです。でも今は、お気持ちだけを充分にちょうだいしておきます。どうぞそれだけにしておいて下さいね」

金田千賀子は、川岸に下る階段に腰を降ろした有賀老人にそう告げた。老人は千賀子の目をじっと見つめて、「そうやね。あんまり急な話やもんね」と言い、千賀子の仕事の合間にそんな話を持ち出した非礼を詫びた。そして「ぼくの気持ちだけは変わらんからね」とも付け加えるのだった。

千賀子は、「ありがとう。嬉しいです」と答え、立ち上がる老人に手を差し伸べた。なにごともなく、ウォーキングのデイトは終わったのである。

有賀老人と千賀子との間にそんな交渉があってのち、梅雨の終わり、暑い日射しが照りつけるようになった頃であった。スタッフの田村緑子がしばらく《ケアハウス》に姿を見せない、ということがあった。利用者の誰もが不審に思い、睦夫もまたどうしたことかと金田に訊いたのだが、あいまいな返事しか返って来ず、それ以上気にもしなかった。定刻の利用者送迎は施設長の梶原がカバーしたが、金田と柳井と、二人のスタッフだけでは利用者に対する支援業務も大変だった。賑やかで明るく、活発な緑子が居ないハウスは静かでいつもとは何か違う雰囲気であった。

田村緑子が再びハウスに戻ってきたのは一週間の後であった。緑子は以前と変わらぬ陽気な振舞いを取り戻していた。睦夫はちょっとしたきっかけを捉えては、明るい雰囲気を盛り上げる緑子をからかう楽しみをまた見出していた。

それから一ヶ月余りを経て七月の末、田村緑子は一週間前の予告の後、《ケアハウス広畑》の姉妹事業所である《ケアハウス飾西》に移っていったのである。代替要員として平井珠代という中年女性が飾西から配属されてきた。田村緑子と平井珠代が互いに交代したに過ぎないスタッフの人事異動であった。金田千賀子より年長らしい平井は、髪はがさがさ、がさつな態度であり、物言いも乱暴、利用者たちへの優しい気づかいなどできそうもなかった。睦夫はのっけからこの女性に好感を持つことはできなかった。

離任のあいさつをした緑子に、睦夫は彼女の腰をポンと叩いて、「しっかりやれよ」と激励した。

緑子が平井珠代と交代して飾西に移ってほどなくのことである。

睦夫は山野ばあさんから意外なことを聞かされた。緑子がおよそ一週間というもの出勤して来なかったのは、多田重子ばあさんにいわれのない悪口雑言を浴びせられて耐えられず、いっそのこと《あさひケアハウス》を罷めようと思いつめたからだというのだ。緑子は高校の同級生であったトラック運転手の男性と同棲しているのだが、そのことに触れて多田ばあさんは、多くの利用者の前で、「あんたは結婚もせんと、男とイチャイチャしてるなんて最低やッ！」と言い募ったというのである。

よほど酷い言葉を緑子は投げつけられたのであろう。詳しい事情を睦夫は知らないが、緑子にしても、結婚という目的を持って懸命であるのに、多田ばあさんはなんという没義道《もぎどう》な人だろうと、激しい憤り《いきどお》を覚えた。

そしてさらに数ヶ月を経ての夏の終わり、施設長の梶原から金田千賀子が八月末をもって退社するということが知らされた。なんでも千賀子には長年難病を患っている母親があるというのだが、介護に手をとられ、勤務を続けるのが困難になったからだという。詳しくは梶原も告げなかった。

睦夫は暗然とした――。深刻な苦難が千賀子を待ち受けていたのだな、と思いやったのである。

秋のかかりのある日、睦夫は街に出て、北条口に住んでいる有賀治男を訪ねた。《あさひケアハウス広畑》でいっしょになる度に有賀は親しく睦夫に声をかけてくれ、是非出て来てくれ、食事をして喋ろうじゃないか、と何度も誘ってくれていたのである。

訪ねてみると、有賀の家は平屋建ての市営住宅の払い下げを受けた古いたたずまいであった。数年前に老妻を亡くし、神戸に住まいする息子夫婦が同居をすすめるのを断り続け、独居生活を続けているのであった。

玄関を入るとすぐの小部屋はおびただしい書軸が山を成していた。ベッドのある座敷は別にして、リビングも一面に乱雑といっていい書軸や書道用具が所狭しと散乱している。有賀老人は県庁勤めの現役時代から書軸に揮毫することを趣味とし、退職公務員連盟の主宰する公募展に出展、知事賞や奨励賞を数々受賞したという経歴の持ち主である。《あさひケアハウス広畑》には、〝静山〟と号した、李白や杜甫から選んだ書軸が三幅ばかり架けられてある。時々架けかえられる毎に、機を見て睦夫は解説を求めていたのだが、まさかこれほどまでに渦高く積み上げられているとは思ってもみなかったことであった。

そしてその日睦夫は、金田さんもいなくなったから話すがとして、有賀老人から彼のひらめきで、ある理学療法士を紹介しようとした顛末を打ち明けられたのである。「会うだけでも会うてくれたらなァ……、ほんまにそない思うたんやが」と、残念そうな面持ちで話してくれたのであった。どこまでも純真無垢な老人の善意であった。

その後の金田千賀子が、ある福祉事業所のケアマネージャーとして働いているということを、睦夫が知ったのは、自分を担当してくれているケアマネージャのYさんからの情報であった。難病を患っているという彼女の母上のことは勿論睦夫は知らない。睦夫はYさんに、千賀子に会ったらよろしく伝えてほしい、と頼んだ。

田中忠敬

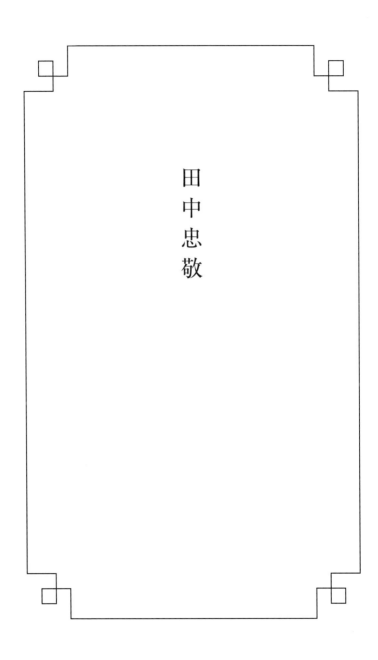

北はりまから
平《へい》さんのファームだより（一）

私こと多田平一は、農業高校在職中、農場の職員から平一さんでなく、平《へい》さんと呼ばれることが多かった。また何人かの普通科の職員も平さんと呼んだりしたのです。

そんな私も、定年帰農してはや十七年が過ぎようとしていたのです。

❖ 冬枯れなれど　二十八年一月十六日

昨日なじみのコンビニでSさんと出会いました。

「このごろは、寒いし暇だから……ゆっくりしているんでしょう」

「はい。まあーね」

私は、急いでいたので、そう言って別れたのです。

彼は私のことを、気楽な年金百姓だから、年中バタバタする必要はないでしょう、と言いたかったのでしょうか。

ところが私なりに大変なのです。水田は全部で一町歩（三千坪）ですが、休耕政策の流れもあり、そのうち三反を野菜畑にしています。

去年の暮れ、直売所サンパティオの研修旅行がありました。

帰途、バスの車中でこんな会話が聞こえてきました。

「おやじさんよ。もうしんどいことやめたらどうや、と息子が言いますねん。けれど定年退職してから、百姓に二千万円ほど投資してますやろう、十五年経ってますけど、やめられん事情がありまして……」

「そうですか、倉庫やコンバイン、トラクターなどでその位は要りますわな」

「そうですねん。いったんやり始めたら、途中で止められんということですわ」

「それはどこも一諸ですな」

「ところがです。機械類はだいぶ傷んできよりますが、再投資する余裕はありません……こうなったら、機械が壊れるか、人間がこわれるか、行くところまで行かなしょうがないですのや」

「ははあ……なるほど」

私は、すこし離れた席から頷きながら、聴いていたのでした。私と同じだからです。

加古川市街から二十キロほど北へ進むと、O市の私のファームがあります。

冬の寒さは格別で、朝はマイナス五度になる日もあり、北西の風は冷たくて、耳が痛くなります。戸外で農作業をする人は稀です。

家庭菜園のハクサイ、ダイコンも残り少なくなったようで、霜でいたんで葉が黄色く萎んでいるのです。

それでも、直売所サンパティオには、ハクサイ、キャベツがどっさりと並んでいます。夕方五時に売れ残りを引きとりにくる人々も多いのです。

少ない野菜は、ホーレンソウ、レタスなどです。

私はそこにレタスを少しずつ出荷しています。ハウスものです。

「ハウスにレタスを作るのは効率がよくない」

という人もいます。

それでも良いのです。サンパティオにこの時期に出しているのは私だけです。

スーパーで一個二百四十円のモノを、私は二百円で売ります。少し小型のものは百三十円のバーコードをつけます。

十数個は午前中に捌けます。毎日は出せません。四十坪ほどのハウスに、ネギ苗や育苗のフレームを据えているので、空いた土地でのレタスは知れています。週に二、三日くらいの出荷です。

それから畑のハクサイ、ダイコンは神戸のはっぱや（八十八品目があるという意味）に出します。市内の集荷場におけば、神戸行きの車で運んでくれます。二日ほどで売れ切れるので、残品引きとりの手間が助かります。

畑のトンネル栽培はレタス、ネギがあり、二月どりです。それが切れる頃ブロッコリーや、極早生のタマネギが三月にとれるように作っています。

二月どりも、三月どりも一週間に一度くらい、液体肥料をうすめてポンプで灌注します。


それでも冬枯れです。

朝は六時半をすぎても暗いし、夕方は五時には車のライトが必要です。

少ない出荷物は前日に準備しています。

スレート屋根の倉庫での早朝作業は、身体の芯まで冷え込んでしまうからです。こんなゆっくりした明けくれで、倦《う》んでしまわないかと、私は秘かにおそれているのです。

四月からの活動期には、五時頃に朝食、出荷準備、ハウスの灌水、マーケット行き、野菜の手入れ、ハウス管理、水田の耕うん…と仕事がどんどん湧いてきます。

その時になって身体がへばらないように、今から少しずつ動かしているのです。

出荷の帰りに、ウォーキングコースのある池の周囲を歩くのです。所用やらがあると、夕食後、農道を電池をもって歩きます。時どき向こうから電池をもった人と行き交います。

そして、出荷のない日は、自宅から五キロほど北にある県立公園の山中を歩きます。そこは上り坂もあり、ゆっくりと走って登ります。

こんなことを冬の間、三ケ月余りもずっと続けています。

それでも雨の日や、格別寒い日は外出できません。私は台所と母屋をつなぐ廊下で縄跳びみたいに両足を揃えて、小さくジャンプをくり返したりするのです。

何日か前に早朝それを続けていたら、とつぜん別棟の戸が開いて孫娘の農高生の鈴奈が現われ、

「アハハハ……バカみたい……」

といって笑ったものです。

◈ 野菜の苗つくり　二月十五日

私は出来るかぎり、畑に植える苗は自分で作っています。

一月中からその準備をしていました。ハウスの片隅に板でフレームを作り、電熱温床線を配線します。そして二月に入ってから、倉庫の配電盤から三十メートルのリード線を引いてきたのです。

きのうそれに通電したのです。一昼夜でフレームの土中温度計は二十五度になりました。サーモスタットが利《き》いて発芽適温になっているのです。

そこに育苗箱をおき、播種用土をトレーにいれてたっぷり灌水、ピーマン一箱、レタス一箱、サニーレタス二箱、キクナ一箱とまいて覆土して、また散水して同

じ大きさの箱を重ねて重石をしました。

五年ほど前まで、覆いは箱でなく新聞紙でした。それが三日ほどして見ると、新聞紙が散乱して、カボチャの種子が皮だけになっていたのです。中味をネズミに喰われてしまったらしい。同じく発芽をはじめたレタスが、失《う》せているのです。茎が少し残っているだけなのです。今度はクモらしい。

それで蓋《ふた》に箱をかぶせるようにしたのです。あのとき、育苗箱を除けてみると、クモが二匹身体を丸めて潜んでいました。エイクソとばかり用意した殺虫スプレー、みるみるうちに小さくしぼみ動かなくなりました。


レタスは二日で発芽しますが、ピーマンは九日もかかりました。

二十五日にカボチャ百粒まきました。わが家の夏野菜のメインです。

ハウスに毎年植えつけるキュウリやトマトは、連作障害の出にくい接木苗を注文しているのです。

それにマリーゴールドをボランティア用に三箱蒔きました。

四月の中旬ごろになると、イエローやオレンジの花がパッと咲くと、私の心の闇を照らしてくれるみたいです。

わが家の花壇に七十鉢、孫の習字教室の先生宅に五十鉢、そのほか花好きの知り合い十人ほどに少しずつお裾分けするのです。

❖ 播磨の篤農家、井原豊さん　　三月七日

カボチャ百鉢余りの苗も、十二センチポットの中で本葉二枚目が見えてきました。あと一ケ月ほどで定植です。

畑に堆肥を入れ耕うんしたのですが、元肥入れは、もう少し先です。

私は最近、井原豊さんの「野菜のビックリ教室」を枕元において精読しています。

彼は、全国の多くの農家がそうであったように兼業農家でした。

自動車学校教官、経営コンサルタントをしながら、合理的農業、低コスト栽培を探究していったのです。

井原さんが、全国誌「現代農業」に昭和五十五年より十一回にわたって連載し

たのが、「野菜のビックリ教室」です。

続いて、昭和六十二年より平成元年まで二十八回にわたって「への字コストダウン栽培」についての記事を発表しています。

当時、私はその月刊「現代農業」を購読していました。ところが学校農場には…という先入観がありました。

しかし、「井原農法」に共鳴する農家も数多く、成功例も同誌に多く発表されるようになりました。まだ井原農場を見学しようとバスも絶えなかったそうです。

井原さんは、野菜も米も多肥料、多農薬が多収を生む、という農家の通念《つうねん》をバッサリと切りすてたのです。

それは、太陽、水、大地のもつ自然力を信じ、モノ作りに生かしていくことです。

私は、ヤサイもコメも低コスト栽培をと、真剣に考えはじめていましたので、「野菜のビックリ教室」を頷きながら読み返していました。

特に印象に残った言葉は、「肥料を多く施して失敗するが、少くて失敗はない」

ということです。

また、早まき、密植が病害虫を多く発生させるから、遅まき粗植を勧めているのです。

私もイネ作りで「への字農法」紛いの栽培は実施していました。

それが二年前、玉井さんという飲み仲間の話はショックでした。

彼は大学を出て、東京で会社勤めをしていました。それが四十代半ばで父が亡くなり、奥さんと共に帰農したのです。

雑貨商をしながら、一町歩の水田を経営しています。

実直勤勉な彼は、井原農法の実践者です。井原さんの著書九冊はすべて書棚においていて、熟読しています。

私がイネ作りで一反二万円ほど肥料代が嵩《かさ》むのですが、

「私は一万円未満です」

と言い切ります。

井原さんの唱える古き良き肥料、硫安や過りん酸石灰の信奉者です。

複合肥料や土壌改良剤は一切使用しないそうです。特に土壌改良剤は不要と言うのです。

「ワラや水の中に、ミネラル分が含まれているんだ。だから改良剤はいれない」

と井原さんの言葉を復唱するのです。

イネの出来栄えも見事です。

「井原さんが、あと十年も生きて活動していたら、日本の農業ももっと変わったかも…」

と私が言うと、

「全くその通り、農業の革命児なんだ」

と言うのです。

井原さんは、平成九年、六十七歳でガンで亡くなったんです。

❖ ネギの顧客　三月十四日

春の兆しでしょうか。夜明けが早くなってきました。朝六時には明るくなりました。

サニーレタス苗がトレーの中で本葉二、三枚となってきました。畑に植え付けてビニールトンネルをかけました。

フレームの外で蒔いたネギ種子が十二日も経つので六段重ねのトレーの箱を、そっと覗いてみました。やっと白い芽が頭をもたげてきました。そっと育苗箱を持ち、一段に広げて陽に当てるようにしました。三日もすると青い芽に変わります。

私は、十月から四月まではハウスの中で、発芽させます。フレームのない床面に育苗箱を重ねておき、じっくりと発芽させます。

正月前に蒔いた種子は、発芽まで二十日ほどかかりました。外気温は四度や五度の日が続きました。風が身を切るように冷たいのです。それでもハウスの中は風がなく、陽だまりは温かいので十度以上はありますが、日中だけで、朝は外気温と同じでマイナス三度の日も多いからです。

二十日以上も土中に眠っていた種子が、ポッポッと白い頭をもたげてくると、私の中に何かが芽生える心地です。青い芽に生え揃うまでさらに一週間もかかりました。

このようにゆっくりと起き上がった芽は腰がすわり、茎も太くて立ち枯れになりにくいのです。

以前、ネギ種子をフレームの電熱温床の中でまいたことがありました。四日ほどですぐに発芽揃いとなったのです。ところがヒョロリと足長に育ったせいか、冬の陽射しに目眩いを起こし、バタバタと立枯れ病になって半減してしまったのです。


私は、ネギ作り、それも周年栽培で十七年も続けています。私のもう一つのメイン野菜でもあります。

ありがたいことにネギは、野性の血を享《う》けているのか、なよなよした植物体なのにスタミナ充分な野菜です。

例えば、トマトやナスは気温が三度にも下がる秋末になると枯れてしまいます。またキャベツやハクサイは、夏の暑さに弱くて腐敗するので、高冷地栽培になるのです。

ところでネギは冬、マイナス五度、夏三十五度になっても生き続けるのです。一般に薬味として使われていますが、血流をよくする働きもあるそうです。

私のネギにも顧客がいます。もう十二年にもなります。T町でラーメン店「風陣」を営む笹尾さん、三十七歳です。

三年前の平成二十五年十一月末のことです。私は久しぶりに「風陣」の暖簾《のれん》をくぐりました。

「いらっしゃい」

細身のマスターは、無表情のままポツリ。午後四時頃のためか、中年の夫婦の客が一組いるだけでした。

そのとき私はラーメンを注文して、ふと卓上のファイルを見ました。新聞記事の切りぬきでした。顔写真は「笹尾俊一」さん。つまりマスターです。

平成二十五年度、重量上げ、〇〇級全日本チャンピオンとあります。

私は、ふうーと呼吸をしてカウンターを見ました。彼は赤い鉢巻のまま忙しく動いています。

ファイルの裏面はトレーニングジム、「ササオ」の案内文で、講師は笹尾俊一さんです。

私は、火曜日の夕方、ネギを取りに来た、彼の母親に話しかけました。

「お宅の息子さん。全日本チャンピオンですね、この母にしてこの子ありですね」

何年か前に家内が笹尾さんから、息子にはトレーニング仲間がいることを聞いていましたが、大変な発展です。

「いいえ、大したことありませんわ……まあ好きなように生きていましてね」

五十代の後半でしょうか。彼女はそれでも嬉しそうでした。

私はそのとき、九年前のことを思い出していたのです。


直売所サンパティオがオープンして、二年が過ぎた平成十六年の五月、笹尾さんはT町の自宅から五キロの道をいとわず、私の家を訪ねて来たのです。

サンパティオの店長から私の家を訊いたらしいのです。私はそのとき、水田にいました。

私の家内が珍客と出会いました。

笹尾さんの話では、以前から私のネギを買っていたのです。それは息子のラーメン店に使うのですが、自分は勤め人なので休日しか直売所では買えないと。週二回の火、金にいずれも五袋分ほど必要だというのです。

そのネギは袋入りでなく、束でまとめてバケツに水をいれて浸してもらえば、私が夕方取りに来ます、代金の五百円はその都度郵便受けに入れておきます、というのです。

その笹尾さんの息子孝行ぶりに感動した家内は、私に無断で引き受けてしまったのです。

笹尾さんは、封筒を二つに切って小袋を作り、そこに五百円玉を入れました。表にいつも添書きがありました。「お世話になります。ありがとうございます」

一年がすぎた頃、サンパティオで雑談していたらネギ作りの先輩に言われたのです。

「ここに出荷したら、手数料十五パーセントが引かれるし、袋代も要る。また売れ残りもある。家に取りに来てもらって結構なことだ。少しくらい季節の野菜をサービスしたらどうなの…」

それ以来、私は月のうち半ばと末の二回、いくつか季節の野菜を袋に入れておくようにしたのです。

すると小袋に「沢山の野菜ありがとうございます」ときっちり書いてあるのでした。

そして八月と年末には心遣いの品を届けてくれるようになりました。


二十八年の三月になり、私は笹尾さんとこんな会話を交したのです。

「いつも私のネギをお使い下さいましてありがとうございます。「風陣」のことが気になって二月の日曜日、昼前に入ってみました。家内と二人です」

「そうですか……ありがとうございます」

「すると、十人ほどのお客があり、忙しそうでした。カウンターの中には、アルバイトの大学生みたいな女性がおられました」

「ああ、あれはね。あれは息子の嫁なんですよ、銀行に勤めていますが、休日は手伝っているようですわ」

「そうでしたか…」

私は、心の中に温かいものが広がってくるようでした。

それは、ラーメンに浮かぶネギの青い小花が、限りない夢の始まりを告げているかのように思ったのです。

❖ 野菜畑に一足早い春が…　　三月二十日

ハウスに植え付けるキュウリやトマトの接木苗四十本ずつが、愛知県から送られてきました。ダンボール箱の中で蒸《む》れそうな苗を取り出し、フレームの中に広げて数日慣らしてから、植え付けます。

畑の一隅の極早生タマネギとブロッコリーを収穫できるようになりました。またレタスも結球したので、少しずつ穫れています。

いずれも数百本単位です。大部分は、カボチャを植え付けるために、畑は耕うん畦たてをしているのです。

サンパティオも、はっぱやも、畑がそんな農家が多いようで、品薄で出荷すると、売れ残ることは少ないのです。

それに五百メートル程離れた畑には、春キャベツがあります。そのキャベツが今年は、二週間も早く収穫が始まったのです。今年は、井原さんの著書「野菜のビックリ教室」から学んだ過りん酸石灰を去年の十月末に元肥に試用しました。

葉がパリッと張って、春先に多発する腐敗病（キンカク病）がほとんど発生せず、助かったのです。

ひょっとしたら、過石の成分中のカルシウムが有効に働いたのかも知れません。ただ春キャベツは小型で、余り儲からないし、裂球しやすいのが欠点でしょうか。

それでも、家内はとても重宝がってくれます。

「お父さん、ブロッコーやレタス、タマネギは裏の畑だから、私が採ってくるけれど、春キャベツ採ってきてよ。あなた明日、志津夫婦や妹さんにと、今日、お米搗《つ》いていたでしょう。だから家の分と三軒分のキャベツよ」

「そうだな……あの畑だけはちょっと遠いからな」

私はそこに春キャベツ、ジャガイモを植え、空いた分はヒマワリを作るのです。

「コメの中には、レタス、キャベツ、ブロッコリー、それにタマネギか、タマネギは葉つきを収穫するので、葉ネギは今回はいらんか」

「そうね……」

私は、コメに入れる野菜をいつも数種類は準備しているのです。

いつのまにか、親戚の間で私のヒノヒカリがおいしいと評判になったのです。

それが息子の会社の知人にも飛び火しました。

精白米ですが、高値です。それでも年間に五十口《くち》以上の注文があるのです。

それはひょっとしたらサービスに入れる野菜も、顧客が当てにしたのかも知れません。

そして十年が経っていたのでした。

私は時々家内にぼやくことがあるのです。

「コメの送料もバカにならんなあ、息子の会社の分は車で運ぶので助かるけどな…」

「………」

「志津や国子の分はかなわんよ……コメが只《ただ》なのに十口以上も送料が要るから」

「何を言ってるの。大事な娘や妹さんでしょう。忘れてるの……志津は年末にはきっちりお節《せち》を送ってくるでしょう。国子さんだってビールや上等のジャンバーを送ってきたじゃない…」

「ああ、そうか。貰ったことは忘れているんだ」

「それ、ごらんなさい」

二人は顔を合わせて、笑ったりするのでした。

❖ **最近の草刈り事情**　　**四月二日**

水田のあぜ草が伸びてきました。スズメノカタビラなどの雑草です。中でもぬっと背が高いのはカラスノエンドウです。つる性で厄介なもので、余り伸びすぎると草刈り機の刃に巻きついて動きが取れなくなります。

ご近所さんはみんなあぜ草刈りに精を出します。手抜きをしていると、近所迷惑だし笑われそうです。

私は、田畑一町歩のあぜ草刈りを二日ほどかかって、ようやく終えました。

しかし、三日もするとはや伸びてきます。

六月の田植えまでに、五月初めと、下旬とに行いますので、三回です。

それでも昔の手刈りに比べると、背負い式の草刈り機が登場して、楽になりました。けれど、およそ五キロのエンジン付きを背負うのは苦行です。あぜの側面は腰を折りまげての作業です。

最近は、エンジン付き自走式草刈り機も現われました。平面だけでなく少し側面も刈れるので、能率が上がります。

二台の草刈り機を器用に操作するのも、楽しみでしょうか。

地域の人々は競い合って、草刈りに打ち込んでいるようです。実際、刈り終えても二十日ほどすると、気温の高い夏は元の木阿弥です。

私の場合、田植え後四回ほど刈って、ようやく十月中旬の稲刈り期を迎えるのでした。

私は県外にバスなどで出かけることがあると、思わず水田に目を奪われます。一面の青田も見事であるが、それを縁どっているあぜ草の、なんと整然とした眺めだろうか、と思うのです。

多くのあぜがピシッとゴルフ場の芝生のように刈り揃えてあるのです。土に取り組む人々の、汗の結晶のように思って、礼拝したくなる心地です。

ところが例外もありました。

農家も高齢化で、かなり多くの耕作不能者が発生しつつあります。Eさんは、そんな水田を引き受けている内に、すぐに十数町にもなりました。五十代の彼は勤めにも出ていたのです。

だから、何十枚という水田が散在しているので、十分に草刈りが出来ません。八月になるとあぜ草が膝がかくれる位伸びました。

「あの田んぼ……どうなっているんや、草刈り位は、しっかりやゝってゝくれよ…」

付近の住民からです。田んぼが隣り合わせになっていたためです。

あぜを歩いての水田の見廻りも出来にくいし、病害虫の温床にもなるからです。

それを人づてに聴いたEさんは反問しました。

「俺は、田んぼの管理を任かされているんだ、あぜ草までは知らん…」

それは正論かも知れません。

儲けがないからこそ、大型化しているのです。しかし大型機械の導入費は、膨らんでいるのです。苦しい経営を強いられています。

「経営的に成立するには、米価が今の倍以上にならんとアカン……」

とうそぶく声も聞いています。

けれどそんなことはさておき、目前のあぜ草刈りに、多くの人々はひたすら励んでいるのです。

❖ 忍者の季節　　四月十二日

私はこのごろいっそう夜明けが早くなったせいか、五時前に起き出し、朝食をとってから、出荷準備をしたり、ハウスに入ったりです。

ハウスのキュウリは、植え付け二十日ほどで草丈五十センチに伸びて、支柱に誘引する作業に追われています。トマトはそれより十日ほど遅く植えましたが、もう一段花房の開花でホルモン処理も必要です。

ハウスの周囲の畑も、西の畑もカボチャ、ズッキーニでほぼ埋まりました。トンネルの放列です。ここしばらく、一人で植え付けに追われました。家内は、ネギ洗い専門で畑にはほとんど入りません。

後は少しのナス、ピーマンなどを五月になってから植える位でほっと一息いれています。

ところが、これからが厄介で畑から目を離せません。

四月は初夏みたいな日があるかと思うと、冬のような寒風も吹きます。それが一日のうちに起こるからです。

ハウスは換気を怠り、閉め切っていると、室内温度計は五十度を示すほどで、キュウリ、トマトは、傷んでしまい生育しません。

畑のトンネル栽培もこれに近い状態になります。

三方を民家に囲まれた西の畑のことです。家内がネギを引きに行った先日でした。

「お宅のご主人、いつも忍者みたいな人ですね。畑にいたかと思うと、さっと消えている。ところがいつのまにか現われている。屈んだり立ったりして、一個所にじっとしていない人です…」

「トンネルのある四月五月は、開けたり閉めたり、一日に何回もするので、余計にね…」

家内がそう言って嗤ったそうです。

二年前の四月五日のことでした。私はサンパティオにキャベツの出荷を終え、空を見上げると雨が上がり曇天でした。

私はこの分ではハウスの換気も必要なかろうと思い、長い事気になっていた福田さん宅を訪ねてみようと思ったのです。

福田さんは、サンパティオでは唯一の有機無農薬トマトの認証者でした。赤いシールを貼ったトマトはとても評判がよく、売れていました。ところが今年はどうも出荷できそうにないという事です。彼が昨秋大腸ガンの手術をして、現在自宅で静養中だったのです。

私は山越えに三キロほど車を走らせ、彼の家に着くと、四棟あったビニールハウスが二棟になっている。やはり二棟は分解して人に譲りわたしたという噂は本当でした。

福田さんは、庭先で作業服のまま坐り込んで新聞を読んでいました。

「福田さん、お元気そうで良かったですねえ」

「ああ、多田さん忙しいのに、よく来て下さいましたな、こんな身体になってしもうたらあきません。あなたはお元気でよろしいな」

「はい…なんとか、エンジンは今のところ大丈夫ですがパ、ー、ツ、がね」

「ええ、パ、ー、ツ、…」

福田さんは、私を見て首を傾げる。

「はい、肩とか首がいつも凝っていまして」

「ああ、その事ですか…」

福田さんは、納得したようです。

その時、急に明るくなって雲の切れ間から強い日射しです。

私は胸もとが少しもぞもぞしてきて、福田さんのハウスを見ると、すでに側面を三十センチほど開けて換気しています。携帯を取り出して、家に電話しようとしましたが、家内はボランティア食堂の当番日で不在だったのです。

その時、福田さんの奥さんがお茶を持って来ました。

「お忙しいのに、ありがとうございます」

丸顔をほころばせた彼女を見ると、私は急に肝が据わってきたのです。

「あれからもう四十年になりますな……あなたが前の学校に居たとき、トマト苗が余っていると連絡を受けましたなあ…」

「そうでしたかな…」

私はその事をすっかり忘れていたんです。

「あれが、私のトマト作りの始まりだったんですわ」

福田さんは、私と同年輩。農機具店に勤めながら、夜は九時頃まで働いた日も多かったそうです。

引き込まれるように聴いていたせいか、空がカラリと晴れてきたのを忘れていたのです。

その日、ハウスに入りムッとする熱気に「しまった」と思ったのは十一時十分でした。室温五十度、大急ぎでサイド換気のハンドルを操作し、葉を垂れぐんにゃりのキュウリ、トマトに葉上散水しました。

キュウリは回復しました。けれど植え付け三日後のトマトは、高温障害の後遺症のためか生育ペースがダウンのままでした。

そのため液肥と灌水を多くしたが、梅雨期の多湿が重なり、葉カビ病が大発生。この年は平年の三割作でした。

忍者の出動が遅れた痛い体験です。

渡辺孔二

ドリーム・リスト

寡黙な男が擦れた声を振り絞って別の男に言った。

「ヤマガワミズ」

しかし全く説明がない。何だ、これは。別の男は、即座に万葉集の或る歌を連想した。「あしひきの山川水の音に出でず人の児故《こゆゑ》に恋ひ渡るかも」

読み人知らずの寄物陳思の歌だ。しかし寡黙な男がこの歌を思い出していたという確証はない。

別の男は考えた。もしもあの歌だとすると、山の中を流れる川の水のことだ。イメージもなかなかいい。しかし待てよ。あいつはなぜ、ぽつんと、「山川水」を持ち出したのか。まさか、恋い焦がれる苦悩の炎を燃やしているわけでもあるまい。お前、そう言い切れるか。どこかの人妻に恋しているのかも分からないぞ。どこの誰だ。老いらくの恋か。「墓場に近き老いらくの、恋は怖るる何ものもなし」と詠んだ時の川田順よりも一回りも上なのに。年齢は関係ない。そうかなあ。まさか。分からない。

その日寡黙な男はそれ以上何も語らなかった。この言葉を残したまま、まもなくすると立ち去った。あまり多くを語りたがらない彼は、何か、心に刻まれた夢でも見たのか。誰かの狂詩曲でも思い出したのか。だとすればオーケストラが演奏するリフレインの多い、吸い込まれていくような曲に違いない。

あの不可思議な言葉を耳にした日から数日が経過した。遠くの山が今朝は霞んでいる。笑っていない。汚染された大気のせいかもしれない。昨日の同じ頃はすっきりと澄んでいて、薄青色の空の真下でどっしりと構えていたのに。

山裾野の一画に薩摩芋畑がある。そのすぐ傍らには幅が五フィートほどの小川がある。

畑と小川の間の細い道でふたりの男の子が向かい合って座っている。やっと平仮名と片仮名とアルファベットの二十六文字が読めるようになった男の子だ。

ふたりは数字も十進法の千の位まで知っている。ふたりは漢字もいくつか知っている。なかでも〈栂〉という漢字が好きだ。木の母か、母の木か、ふたりには分からないが、あの群生している木が気に入っている。背の高いツガとかトガとかいわれている木だ。

この漢字を教えてくれたのは、ふたりのうちのひとりの子の母親である。彼女はこう言った。

「この漢字は中国から渡ってきた漢字ではありません。日本でつくられた漢字ですよ。例えば、峠という漢字もそうです。国字といって、日本でつくられた漢字なのです。よくできていますね。山の上と下がいっしょになってつくられています。こんど峠に行ったときには思い出してください」彼女は「閊《つか》える」の閊もそうだ、と言いたかったが、これはまだ言わない方がよい、と判断した。

ふたりのうちのひとりがアルファベットを覚えるときは大変だった。なにしろ、Aから順番に覚えていったのだが、XYZに辿り着いたときには、はじめに覚えた文字が彼の頭から逃げ出し、どこかへ行ってしまった。だから必死に探さなければならなかった。

必死に探してもなかなか見つからない。逃げ足の速いことといったら、ギリシアのアタランタ級だ。長髪をなびかせて走るアタランタが、一時流行したアメリカのキャベツ人形に負けないくらい真っ青になったほどだ。大人が、鮪、鱈、鯡、鰯、鯖、鰻、穴子、真鯵の英単語を覚えたつもりになっていても、ひと月もしないうちに、ほとんどすべてどこかへ置き忘れてしまい、探そうともしなくなるのと、どこかで繋がっているのかもしれない。

どうして探そうともしないのか、というと、探し出すと、無形無音のまま、こんがらがって、ケイオスの坩堝《るつぼ》にはまりこみ、そこから出られなくなるからだ。コンガー、コッド、サーディーン、ソーレル、イール、ヘリング、マカレル、チューナが果てしなく広い大海原を泳ぎ出すのだ。海の中のタイヤキくんの仲間に入るのだ。嵐になっても、海中二、四〇〇フィートよりも下は荒れないそうだが、これはあくまで海中の話。頭のなかに広がる大海原は、それほど単純ではない。頭の中は奥が深い。複雑怪奇で荒れるのだ。

その頭のなかの複雑怪奇なものが暴れ出してゴチャゴチャになりだすと、もうどうにも止まらない。こまっちゃう。冷静に、とスタイルの良い脚線美女が宥《なだ》めすかしても、言うことを聴いてくれなくなる。ドン・ガバチョも井上ひさしさんもお手上げなのだ。

細い道に座っているこのふたりの男の子は、東方の都会からここへ引っ越してきた。ふたりとも眼鏡をかけている。すこし肥満気味だ。ふたりとも、気管支喘息にかかっている。ここは空気がきれいで、陽もよく当たるというので、ふたりの親がかれらをここへ農村留学させているのだ。かれらはふたりともズボンのポケットに、老人用携帯電話を入れている。長いメールはできないが、ソーシャル・ネットワーキング・サーヴィスが受けられ、電話もできるあれだ。

かれらにはいろんなことができるスマートフォンは与えられていない。だから音楽も聴けない。動画も見ることができない。検索もできない。しかしかれらは、恰好が悪いとも不便とも感じていない。

かれらが今住んでいる場所は鐘の鳴る丘の麓である。その丘は陽がよく当たる。そのせいだろうが、ここは数十年前からサニー・ヒルと呼ばれている。この名前が確立したのは、ここをロケ地にした映画が撮影された二十世紀の四十年代末になってからだ。

ふたりのニックネームは、タビーとピギーである。どうも英語がよくできる高校生がつけたようだが、かれらはもうこの場所にはいない。東京の大学に進学したそうだ。

遠くには山々が連なっている。そのひとつの山の中腹に位置している緑の丘には尖り帽子の時計台がある。この時計は決まった時間に音を出す。テムズ河沿いの国会議事堂にあるビッグベンの音によく似ている。その音が聞こえる範囲もほぼ同じである。丘を中心に半径一マイル四方に響き渡っている。ここには、マツ科の常緑高木の栂の木がある。現在はかなりの数だ。自生を数百年にわたって繰り返して来た。

この丘をすこし登っていくと、小さな洞穴の入口に清水の流れている小川がある。そこの畔で、男の子のひとりが使っている表現を借りると、「水芭蕉の家族」がそっと静かに暮らしている。

「あそこのエイチ山を越えてみたいよ」

「エイチ山を越えるとどこへゆけるのかなあ」

「アイというところらしいよ」

「それはどういうところかなあ」

「みんながゆきたいところらしいよ」

「広い海の深い底のようだなあ」

「広いお空はおとうさん、深い海はおかあさん」

「仲がいいのかなあ」

「天気がいいとくっつくよ」

「天気がわるいと喧嘩するのかなあ」

「夫婦喧嘩というんだよ」

「大切なものかなあ」

「きっとそうだよ」

「きっとはキッドと違うのかなあ」

こういう発言をしたこの子はもちろん、アリタレーションという言葉も頭韻という言葉も知らない。だが、音の響きで、最初の音の「き」と「キ」が重なっていることが瞬時に彼の耳に響いた。「きっと」と「キッド」は音の仲間であることが、彼の耳に楽しげな心地よさを呼び覚ましたのだ。

彼は擬声語、擬態語、つまりオノマトペもかなりたくさん知っている。彼は、大人の文章に直すと、次のような大意のことを繰り返している。

「ぼくたちが覚えた片仮名と平仮名と、それからアルファベットと数字と漢字国字をぼくたちから誰も奪うことはできない。これはぼくたちの宝だ」

「どちらもケイからはじまるのになあ」

「ケイってなにか分からないよ」

「アルファベットのケイのことを言ったのになあ」

「コンペイトーのなる木はどこにあるの」

「幾山河越えさり行かば、…」

近頃の子供は、「えっ」と驚きたくなるような言葉を知っている。昨日の午後も、近くの小道を小学生の集団がいくつかのグループになって家へと向かっていたとき、

「あの子は、ナルシスト」

と言っているのを耳にした。若山牧水の短歌などは記憶の回路に疾《と》っくの疾《と》うに入っているのだ。

ふたりの男の子のところへかれらが知っている大人がやって来た。「ヤマガワミズ」と先日謎めいた言葉を発した寡黙な男だ。

この男の印象だが、長い間人間に接してきたロバに似ている。もちろんロバは動物だが、長い間忍耐強く人間を見て来たロバに彼はとてもよく似ている。黙っ

ている間も、彼の頭はなにかを必死に考えている。その証拠が大航海時代の船乗りのような、眉間の皺だ。この数多くの皺は脳に刻まれた皺が転位して出現したものである。しかし彼は誰にもなにも伝えようとはしない。吠え立てることもしない。とはいえ、諦めることもなかなかしない。じっと我慢して生きている。それでいて、どんなことがあっても、これからのことを自分自身の頭で必死に考えようとしている。

この男の口癖は「戦争は高慢の子、高慢は富の娘」である。この言葉の出所は分からない。衒学《げんがく》を極度に嫌う彼は決して入手先を教えない。そのせいで、この言葉の意味は、誰にも分からない。ただ「せんそう」も「こうまん」も「とみ」もみなあまりいい意味では用いられていないことだけは薄薄分かる。しかし「とみ」は誰の子か、誰にも分からない。

ふたりの男の子は彼の言葉を聴いて考えた。

「戦争は平和とは違うなあ」

「富は貧乏とは違うよ」

「そうかなあ」

「分からないよ」

この男の子のいつもの結論も「分からないよ」である。

忍耐強い寡黙な男もこの結論に口を挿《さしはさ》むことはしない。彼にも分からないからだ。そのときだった。突然彼は大きな窓の上を見た。かなり大きな一匹の蜘蛛が蠅を食べていた。かなりたくさん食べたのか、その蜘蛛の腹は太鼓腹になっていた。そこへなにも知らない一匹の蜜蜂が窓に近づいてきた。中へ入るためには蜘蛛の巣をなんとかしなければならない。力一杯蜘蛛の巣を引っ張った。

「お前は自分の図体が分からないのか」

「体重計がないから測ったことがない」

「軽過ぎて測れないよ、きっと」

「そんなに軽いか」

「軽い」

「どうして分かる」

「お前は飛べるのだから」

「そうか、君は飛べないのか」

確かに蠅も、蛾も、蝶も、みんな蜜蜂の仲間で飛べる。とすると、蜜蜂は、集団的自衛権を行使すべきなのか。しかし蜜蜂はこの言葉だけでなく、このおかしな日本語が意味しているらしい軍事行動を起こすことも絶対忌避したいと思っている。そういう行動に断固大反対である。国会前でデモ行進したい。自分たちの住んでいる美しい国を取り返しのつかない廃墟にしかねない行動を阻止するために日本人と一緒になって行動したいのに、蜜蜂の大集団に対して行動要請を肝心の日本人が誰一人行なっていないそうだ。それがここに居る蜜蜂は不服である。日本人における民意というものがいかに頼りないかを確認して、蜜蜂は内心寂しい。だが、そんなことを蜘蛛に言っても仕方がないので、寡黙な男同様蜜蜂も沈黙したままである。文句を言うのはほとんどいつも蜘蛛の方だ。

「ときどき俺の巣を壊す奴もいる」

「そりゃあ仕方がない」

「どうしてだ」

「君に食べられるからだ」

蜘蛛は蜜蜂の仲間の被害や犠牲よりも自分の住まいの安全を優先順位の第一位

に挙げて、しきりに気にしている。

「修繕が大変だということを知っているか」

「知らない。ぼくを見てくれ、汚い糸だらけだ」

「汚くはない、俺のどす茶の腹から出たのだから」

「だから汚いのだ」

「俺さまのどこが汚い」

「なにもかも」

「なにをいうのだ、家も財産もないくせに」

「自由がある」

「お前にあるのは貧相な二本の羽と低い音を出す一本の管だけだ」

「そうだよ」

「お前はこの世の花を荒らし回って生計を立てている」

「泥棒呼ばわりするな」

「泥棒そのものだ、ランタナや菫《すみれ》や薔薇の身にもなってみろ」

「君にだけはいわれたくない」

「この豪勢な座敷の材料はすべて俺の体内のものだ」

「ぼくにだって君にはない飛翔の力と歌の力が備わっている」

「そんなものなんぼになるのだ」

なんでもかんでも金に換算する蜘蛛の考え方を知ると、蜂蜜をつくる蜜蜂は耐えられず、ついつい自己主張したくなる。

「それは知らないが、花々からいただいた果糖と葡萄糖は甘くて栄養価も高い」

「花々はどう言っているのだ」

「あなたが蜜を吸っても、わたしたちの美しさも香りも味わいもまったく損なわれない、と言ってくれている」

「不公平だ、俺の建築方法を褒めたり、俺の労力の凄さに感嘆の声を上げる奴らはいないのだから」

「君たちの蜘蛛の糸で、素敵な、絹よりも豪華な手袋をつくった、と豪語していた御仁がどこかの国にいたじゃあないか」

「そうか」

「手袋とはいいものを思いついたものだ。君たちの本質を言い得ていて見事だ。

君たちの本質は受動的略奪だが、手袋もなにかを掴むためのものだからね」

「なにを掴むのだ」

「男を掴むためだ」

「俺の糸はもっと効き目がある」

「耐久性はあまりないと思うのだが」

「俺の糸は抵抗に耐えてつくられるから強いのだ。窒素繊維に劣らないのだ」

「あまり頑丈そうには見えない」

「四インチ四方で生活しているこの生活様式はどうだ」

「その生活様式は怠惰と結びついている」

「お前は略奪者だ」

「ぼくは自由に生きて思いっきり働きたい」

「自由は窮屈だぞ」

「君の怠惰な暮らしよりましだ」

「窮屈は自由、自由は窮屈」

「美は醜で、醜は美か」

「そうだ」

蜘蛛と蜜蜂の果てしない、蒟蒻《こんにゃく》問答のような論争を聴いていた寡黙な男が掠れた声を張り上げた。

「あの蜘蛛は現代人の化身じゃあ。生まれながらの財産と天賦の才能を誇っている。なにからなにまで自分で紡《つむ》ぎ、自分で糸を吐き出し、人様の援助は受けないと威張っている。建築術の偉大さと幾何学的知識を鼻にかけている。蜜蜂と大違いだ。蜜蜂は羽音と飛翔をありがたいと想っているだけだ。人間に例えると、二つの高貴なるもの、つまり、優美さと明智をありがたく思っている謙虚な人間に似ている」

彼の話に耳を傾けていたふたりの男の子が質問を浴びせた。

「現代人の化身というのは食べられるの」

「天賦の才能はおいしいのかなあ。てんぷらとどちらがおいしいのかなあ」

「飛翔って、食べられるの」

「優美さと明智はどこにあるのかなあ」

こういう質問に長い間生きてきた彼も答えられなかった。長年この世で生き続けて、現代人を観察してきた彼にも、どう答えてよいか分からなかったのだ。彼は第二次世界大戦終結以来生活様式を変えていない。頑固といえるほどゆっくりしたペースで生きてきた。同じペースで働いた。さぼることもしなかったし、余計な仕事をすることもなかった。しかし「茹で蛙」にはならなかった。世のなかの移り変わりをしっかり見続けながら黙々と生き続けた。失われたものへの哀切を繰り返した。誰かに、以前の生活と今の生活を比べて、どちらがいいか、と訊かれると、彼は決まってこう言った。

「過去にも現在にも大切な側面がいろいろある。これからも大切な側面がいろいろできる。それだけだ」

彼は独学でいろんな知識を吸収していて、外国語以外の知識は豊富である。雑学の大家といってもよいが、知識をひけらかすことはしない。誰かに訊かれたとき以外は自分の知的教養を披露することもない。

腹を立てたことも一度しかない。四十年ほど前のことだが、勤勉で誠実な心友が、融通が利かないという理由で勤め先を解雇された。そのときだけは、怒り狂った。この幼友達は、その少し前に、高級娼婦の侯爵夫人と伯爵夫人のふたりともが好きになり、どうしたらいいか分からなくてほとほと困っている、まるで詩と散文のようだ、と彼に打ち明けていた。それから数年して、彼に何も告げずに、この世を去ってしまった。
そういう友のいた彼は、心のなかで叫んだ。彼の信念はこんな詩に支えられている。

戦争は貧困を産み、
貧困は平和を産む
平和は富を溢れさせ、
（この世は回り続け）
富は高慢を産み、
高慢は戦争を引き起こし、
戦争は貧困を産み、
こうして（この世は）巡りゆく

彼は、ふたりの男の子の数十年先を、栂の森の真上に広がっている午前七時頃の青空を見上げながら、瞬きもせず今日も考え続けている。彼は、一九七〇年代の終わり頃にアメリカで出版されたオグ・マンディーノ(Og Mandino)という作家の『アカバールの贈り物』に登場する、星の「アカバール」や、この星と仲良くなったラップランドの小さな村に住んでいた少年「チューロ」(Tulo)が大好きな凧に乗って舞い上がっていった空の彼方や、「アカバール」という名前がつけられている星の贈り物の中身である「クレデンダ」というむずかしい言葉が伝えようとしている数々の忠告、例えば、「名声や富から顔をそむけよ、貪欲や野望のほうを振り向くな、失敗や逆境を恐れるな、心を平和に保て、なにものも恐れるな、忍耐強くあれ、他人を責めるな、まっとうに生きろ、心配不要、自慢不要、勤勉になれ、明るくあれ、…」を思い出していた。これは、自分たちの生活をベターにしたいという夢をもっている人向けに書かれた本であるという。

八十年生きてきて人間のことをすでにかなりよく知っている彼は考えた。この「クレデンダ」は、貪欲な大人にとってだけでなく、タビーとピギーのような聡明な子供にとっても、忠告の数が多すぎる。これだけのことを長い期間の人生のなかで実践することは不可能に近い。人間はそれほど賢明とはいえない。容量も限られている。この中のひとつだけを実行するのも大変だ。彼はそう考えた。だから、やはり、沈黙を守り続けることにした。

彼の好きなタビーとピギーも、あとしばらくは、農村留学が続けられることになりそうだ。彼の佇んでいる畑に薩摩芋の青々とした葉っぱが緑の絨毯のように広がっている。緑の葉っぱにほっこりと暖かい光が当たっている。それを朝露が水玉の形を借りて心から歓迎している。陽と緑と水の合作が大地のすぐ下で結実するのもそれほど遠い将来ではないであろう。

これまでもそうだったが、彼は、今日も、唐突に、考えた。光が注ぐこの大地に存在している人間にとって、水と木だけで爽やかな風を起こして生きてゆける道は、生きる術《すべ》は、本当にないのか。彼のブレーンの中には、遠い昔のアダムとイヴが皮肉っぽく嘲り笑っている姿が現れている。

「そんなこと無理だよ。われわれふたりがエデンの園に見切りを付けて、手に手をとってあそこを脱出してから、われわれの子孫がどんなあくどいことを、世界史の中で啓蒙、教化、文明化と叫びながら、してきたか、お前も少しは知っているだろう」

だが、彼は、アダムとイヴの「止《や》めとけ」という声にも怯まない。水と木の世界が、彼の脳裏に広がっている。ユートピア的興奮が彼を支配している。海水だって、雨水だって、あるじゃあないか。水飢饉はなんとしても避けねばならない。光だってあるじゃあないか。暗闇は一時的で、また光が現れる。

しかし彼のブレーンはそう単純でもない。複雑怪奇である。その証拠が彼の見た夢である。彼は、「ヤマガワミズ」が現れる夢を何度か見たことがある。融通が利かないと見下された心友が彼の夢の主人公だ。心友がこの世を去って三十八年になるが、夢の中の心友は四十二歳のままだ。この男は、現世で見下されたのだから、来世では見上げられたい、と願い、こんな遺言を残した。もちろん、夢の中に出て来た紙に書かれていた遺言だ。薄暗いがなんとか判読できた。

私の亡骸を、山川水が流れる場所の近くで繁茂している大きくて高い栂の木の上に埋葬せよ。鳥が巣を作る塩梅を模倣して、白馬岳頂上の土を十八ストーン木製の箱型容器の底に入れ、それをコフィンのベッド代わりにして私の亡骸を安置するのだ。蓋は不要。私は、ドライな骸骨は生き返る、と信じている。これは、この世で私を見下してきた者共が見上げるための策略と心得よ。それでも見下す者がいたならば、私の埋葬容器内左側に、秀吉縁の黄金で輝く一立方インチのミニチュア茶室を、農村留学でやって来ているタビーとピギーに金箔とボンド紙でつくらせて、供えよ。これに対しては、かれらふたりの男の子の意見を最も尊重すべし。かれらが、「そういうものは下へ落ちますよ」と断言するのであれば、これらすべての埋葬に関する計画を完全な形で中止せよ。

中止した際は、ここの森の奥で或る木を探せ。その木には、大地から約七フィートの高さのところに、啄木鳥《きつつき》の穴のような直径約三インチほどの円い深い穴が在る。その穴を崇拝の対象にすべし。その穴の入口に備えられた泥の壁の奥には、私が旧式の録音テープを駆使して秘密裏に吹き込んだ辞世の歌が十二首埋葬されている。人間の余計で傲慢な穿鑿《せんさく》心を発揮して、その歌を引っ張り出し、聴こうとしてはならない。聞こえない声を聴くべし。この歌は埋葬したままにしておかなければならない。泥の壁を取り払うと、歌もまたイヴァポレイトするものと知るべし。それでは、みなさま、あの世とやらで、再会しよう。といっても、私の居場所が天国なのか地獄なのか、それとも無国籍域なのか分からないから、再会の確率は割り切れない三三・三三三…％しかないのだが、それまでしばしの別れだ。

彼が現実に見たこの夢の消費期限は、誰にも分からない。冷凍庫で保存して、腐敗を防ぐわけにもいかない。彼自身にも皆目見当がつかない。こういう夢を彼はこれから先あと何回見ることができるのか。それもまた薄暗い霧に覆われている。

諸井　学

妖夢

「意外と早かったのネ」

ドアを開けて入ってきた陽子が明るい顔をして言った。

「小百合ちゃん、何を食べて来たん？」

「カレーライス！　病院を出て北へ行ったら、インドカレーの店があった」

二人はベッドの横のソファーに腰掛けた。

その日、耕平は膀胱癌《ぼうこうがん》の手術を受けた。早期に発見されたため、腫瘍を切除するだけの簡単な手術だった。耕平が看護師に導かれて手術室に入るのを見届けると、二人は昼食に出かけたのだった。

手術が終わってからは、帰りはさすがに歩いてというわけにはいかず、耕平はストレッチャーで運ばれて病室に戻った。点滴と導尿チューブが繋がれたまま、四人がかりでベッドに移された。耕平は支柱台に吊るされた点滴の袋と、その足元にある尿の回収袋を見て、なるほど点滴が腕の血管から入ってここへ出てくるのかと、妙な感慨をいだいた。

「父さん、痛くなかった？」

「麻酔が効いていて、何をされているのかさっぱり分からなかった。意識がぼんやりする薬が効かなくて、手術中眼をきょろきょろさせていた。手術が終わってから、看護婦さんが、薬が全然効かなかったみたいね、と言って笑っていた。ときどきあるみたいだ」

「神経が鈍感なのよ。小百合ちゃん、缶コーヒー飲む？」

荷物を整理していた陽子が言った。

「うん、あたし微糖」

「オレも伊右衛門買って来て。水分をたくさん摂《と》るように言われているんだ」

陽子が出て行くと、小百合はスマホを相手に黙り込んだ。耕平はベッドの上で眼を瞑ったままでいた。


膀胱癌。突然耳にする言葉だった。

十月の末、耕平は近所のK病院へ年に一度の超音波《エコー》検査を渋々受けに行った。還暦を過ぎているので、叩けば埃が出る身体である。検査には様々なチェックポイントを持っていた。頸動脈の壁にプラークというコレステロールの滓《かす》が溜まっている。医師は毎回その厚さを測る。胆のうには石を二個大事に持っている。これも毎回大きさを測定して前回と比較する。酒飲みを自覚しているので、「膵臓、腎臓、肝臓は大丈夫ですか」などと尋ねてみる。そして、歳相応に前立腺が肥大しているのでチェックしてくれる。このとき医師が「あれっ？」と小声で言ったまま、あとは無言で器具を操作した。

耕平がベッドから起こされて診察用の丸椅子に座ると、医師はパソコンを操作して、先程の超音波検査の映像をディスプレイに映し出した。

「頸動脈のプラークは、右側は去年と変わりませんが、左側は二ミリ薄くなっています」

医師はカチカチとマウスを操作しながら説明した。

「胆石は二個あったはずなのに一個しか映っていないのですよね。もしかしたら硬い石でなかったので、崩れてしまったのかもしれません」

プラークが若干だけど薄くなり、胆石もなくなっているのだから、いつもなら医師は自分の治療の成果を誇るように説明するのだが、妙に浮かぬ顔だった。

「実は……、膀胱に翳らしいものが映っているんです。……癌かもしれません」

「……はぁ？」

耕平はちょっと上ずった声をだした。

医師の説明によれば、膀胱の尿道に近いところに影が映っている、エコーなので何物か分からないが癌の可能性があるので、泌尿器科の病院を紹介するからそこで内視鏡検査を受けて欲しい、ということだった。

「尿に血が混じったことはありますか？」

「ありません」

「それなら、癌であってもごく初期だから、重篤な状態ではないでしょう」

そのあと紹介する病院の話になった。医師は市民病院の泌尿器科にするか、それとも個人の泌尿器科の病院にするか、二者択一の話をした。

「どんな違いがあるのですか？」

「市民病院は検査の結果が遅いですが、癌と診断が下ればそこで入院手術ということになります。個人の病院では、すぐその場で癌かそうでないかの診断がでます。しかし、手術はまた別の病院ということになります」

耕平は診断が早いというS泌尿器科病院へ紹介状を書いてもらった。

後日、このことを行きつけの喫茶店で話すと、みんなの嗤い者になった。

「それで市民病院でなく、個人病院にしたの……、変わった人ねえ」

ママがカウンターの中から口火を切った。

「もし癌だったら、手術はまた違う病院へ行くのか」

「大きな病院を選ぶのが常識だぜ」

「K病院の先生は市民病院にいたから、そこの紹介状をもらったらよかったのに
……、先生が手術にも立ち会ってくれるらしい」

「俺、市民病院で膀胱鏡入れられて絶叫した。痛いぞ……。帰りは女房に車を運転してもらった」

カウンターに並んだ常連客達は口々に勝手なことを言った。

「エコー検査は解像度が悪いので、誤認することがよくあるんですよ」

S泌尿器科病院の医師は、耕平を慰めるように言った。ところが膀胱鏡を入れるなり、「典型的な膀胱癌ですねえ、花が開いています」と感嘆するように言った。

膀胱鏡の挿入は、怖れていたほど痛くはなかった。耕平はベッドの横にあるモニターを見ながら説明を受けた。画面には膀胱鏡の管が映っており、その管の太さが約五ミリなので、それと比較すると癌の大きさは約四倍の二十ミリ位だと言われた。そして、表在性癌なので心配することはないと言われた。

診察室に戻ってから、医師は膀胱の絵図を示しながら手術の仕方を耕平に説明した。

「さて、どこの病院で手術しましょうか。どこかご希望がありますか？」

「先生はどこを紹介してくれますか？」

「そうですねえ、日赤か医療センター、もしくはM総合病院か市民病院、というところでしょう」

K病院で紹介された市民病院は、ここでは四番目に数えられたのだった。耕平はわざと膀胱癌や手術のことに話題を戻し、さらにS泌尿器科病院とともに市民病院も紹介されたことを医師に話した。そして、再び病院の紹介に話しを戻すと、やはり医師は日赤か医療センターだと言う。

「日赤が一番ですか。それはどうしてですか？」

耕平は敢えて尋ねてみた。

「要するに、治療例が多いんですよ。手術となると技術的な面が重要になるので、治療例が多いほど信頼性が高くなるのです」

耕平は市民病院を紹介されたことを再び話した。

「あそこも以前は良かったのですが、今は先生も減って、ちょっと大変な状況だと思いますよ」

耕平の腹は決まった。日赤への紹介を依頼したのだった。


ドアが開く音がして、耕平は目が覚めた。看護師が入ってきた。陽子と小百合はソファーに並んで座ってテレビを観ていた。

「麻酔が切れていく状況を確認させてもらいます」

看護師は蒲団をめくり、病衣をほどいた。そして、耕平の下腹部を触診した。

「冷たく感じますか?」

彼女は手を徐々に下に移しながら尋ねた。耕平は、触られているのは分かるが冷たくは感じない、と答えた。麻酔が切れるまで食事は出ないと、彼女は蒲団を耕平の身体に掛けながら笑顔で言った。

「さあ、私たちも帰りましょう。安静第一ね。ゆっくり休むのよ」

「父さん、テレビ観る？」

小百合がリモコンを差し出した。

「いや。お茶が欲しい」

耕平は伊右衛門を飲むと、傍らのテーブルに置いた。

「小百合ちゃんと買い物をして帰るわ。明日《あす》は店を開けるから、私は病院へ来ない。用があったら携帯に電話するから。あしたはガールフレンドにでも来てもらってね」

耕平は眼を閉じていた。テレビを観る気もしない。手術中に、「うとうとさせる薬を入れますから」と言って、看護師が追加した点滴の薬が部屋に戻ってから効いているのか、耕平は半覚半睡の状態でうとうとしていた。

ガールフレンドに来てもらえと明るい声で陽子は言ったが、果たして本当に感づいていて言ったのか、或いは冗談で言ったのか、耕平には測りかねた。

耕平には義理のかかった女性がいた。名前を和美という。寡婦である。彼女とは月に一度くらいの割合で逢っていた。入院していると知ったなら、彼女は見舞いにとんでくるだろう。しかし耕平は、導尿チューブを繋がれた哀れな姿を、彼女に見られたくなかった。

男性としての機能を失っていないか、耕平は不安だった。何の説明もなく手術の日を決めてしまった医師への不満はあったが、逆に何も説明がないのだから気にすることはないのではないか、という思いもあった。以前、知人が前立腺癌になって夫人と共に手術の説明を受けたとき、「主人が性的不能になるが構わないか」と問われた夫人が、「どうぞお構いなく」と平然と答えたという、泣くに泣けない話を聞いたことがあった。前立腺癌の手術は局部の神経を切ってしまうため、性的不能になるという。膀胱癌は内視鏡手術であるからたいしたことはないと、他人から聞いたけれど、耕平は相当に酷いことをされたのではないかと疑っていた。

また看護師が入ってきて目が覚めた。同じ手順で触診した。前より下の方まで冷たく感じた。順調に麻酔は切れているらしい。

「患部からまだ血が止まらないようなので、ガーゼを交換します」

耕平は看護師に患部を処置されるがままにして天井を見つめていた。男としての尊厳をすでに失っていた。

夕方になってベッドの横のテレビを観ていると、別の看護師が入ってきて、担当を交代したと言った。彼女は耕平の体温と血圧を測り、下腹部を触診して麻酔の覚醒を確かめた。

「痛みはありませんか？」

「オシッコをしたい感じです」

「オシッコはよく出ていますよ。色も大丈夫です。点滴で水分を補給しているけど、お水もたくさん飲んでくださいね」

耕平は腹が減ったと訴えた。朝食以来何も食べていない。看護師は麻酔が完全に切れたら食事を持ってくると笑顔で答えた。

耕平が夕食を食べたのは七時を過ぎていた。完食だった。もとより好き嫌いが無く、空腹だったので皿まで舐めるように食べた。量が少なく、物足りなかった。

以前、狭心症の発作で循環器病センターに運ばれ、緊急手術を受けて入院したときも、六日間に出された食事を完食した。病院の粗食がすこぶる旨い。恥ずかしいくらいの食欲だった。耕平にしてみれば、退屈な入院中の唯一の楽しみは食事であり、その間の無聊《ぶりょう》を面白くないテレビの番組で埋めた。

十時になったので、看護師は消灯を告げて電灯を消した。昼間にうとうとしていたせいか、眠気はまったくない。個室なので遠慮なくテレビを観ることができるのだが、観る気がしなかった。眼を閉じて静かに横たわっていた。

夜中に看護師が入ってきた。耕平は目をあけた。少し眠っていたようだ。

「眠れないのですか？」

彼女はそう言ってベッドの傍らにしゃがんだ。耕平が身体をちょっとひねって見てみると、彼女はビニールの袋に溜まった尿をガラスの容器に移していた。耕平が見ているのに気づいた彼女は、患部に痛みがあるかと優しく尋ねた。ずーっとオシッコをしたい感じだけど、これを疼痛というなら痛い感じであると答えた。看護師は痛み止めを持ってくると言って容器を持って出て行った。そして、痛み止めを飲むとオシッコをしたい感じがなくなって、耕平は朝までぐっすりと眠ることができた。

病院の朝は早い。六時に看護師が入ってきて部屋の照明を点けた。そして、体温と血圧を測る。看護師はまた交代していた。彼女たちは大きなマスクをしており、顔も名前もなかなか憶えられない。

耕平は顔を洗おうと思って、点滴とチューブを繋がれた身体をゆっくりと起こした。立ち上がってみると、それほどチューブが邪魔にはならなかった。彼は上部に点滴の袋、下部に尿の回収袋をぶら下げた支柱台を右手で押しながら洗面台へ行った。

棚には歯磨きのチューブが二本、洗口液、コップと歯ブラシ、歯間ブラシが置いてあった。寝る前は歯槽膿漏《しそうのうろう》薬『アセス』で歯茎を磨き、朝は口臭を予防するという刀豆《なたまめ》の歯磨き粉で磨く。そして、食後は『モンダミン』で口をゆすぐのが日常だった。

窓のカーテンを開けると、目の前に山が迫っていた。山の木々以外何も見えない。一面の緑の上に晴れた空が見えた。病院の正面とは反対側の部屋だったので、町並みは見えず、環境として良好だった。

七時半の朝食、八時の主治医の回診まで時間をもてあまし、耕平はテレビの番組を眺めて過ごした。家に居たら、飼い犬のマルを海岸まで散歩に連れて行ったり、朝刊を読んで過ごしたりするのだが、そういう日常の活動が出来ないことから、自らが病身であることを思い知った。超音波《エコー》検査によって発見されたので、膀胱癌の自覚症状がまったくなく、手術を終えた今も病状の実感がない。耕平が病身を実感したのは、後日退院してから、オシッコのコントロールが出来ず時々失敗するようになってからだった。一ヶ月ほど紙パンツを穿かねばならず、立小便が出来なかった。

九時になるのを待ちかねて、耕平は店に電話を入れた。陽子が出た。従業員の木村に電話を代わってもらい、その日のエアコン据付工事の注意点を念押しした。木村にしてみれば当然了解のことなのに、耕平は言わずもがなのことを指示したのだった。

この入院中は情けないくらい工事が重なっていた。

耕平は老朽化した家の電気配線の改修工事を依頼している下請けの工事業者に電話をした。

「今日で工事が終わりますので、報告がてらに社長のところへ見舞いに行きます」

そう言う相手に耕平は丁重に見舞いを断った。

次に電気温水器の入替工事の現場に電話を入れた。

「その声は手術が無事終わったという声やなあ」

手術が決まってから、急に工事を代わってもらった同業者だった。

「急に仕事を頼んで申し訳ない」

「分からんところは、また電話をするから、ケータイを枕元に置いて養生していて……」

耕平にすれば、自分が動き回っている方が余程気楽であった。

テレビを観ていると、客から電話があった。懇意な客には携帯電話の番号を知らせてあったのだ。朝からテレビが映らないという。声も出ていないらしい。耕平は、いま会議で缶詰めになっているので、店に連絡をして、行ってもらうようにすると返事した。入院しているとは言えない、方便だった。耕平は店に電話を入れて、修理の手配を指示し、陽子にＣＤラジカセと坂本冬美のＣＤ盤を病院へ持って来てくれるよう頼んだ。

昼食後、いつもの昼寝の習慣でうとうとしていると、メールの受信音がした。和美から電話をくれ、という合図が送られてきた。

耕平はベッドに寝転んだまま電話を掛けて、今週は仕事が立て込んでいるので、来週また連絡すると話した。取りあえず入院していることを隠した。退院してから事後報告をすればいい。これは親戚に対しても同じ態度だった。

和美は耕平の客だった。大きな家に今は独りで住んでいる。義父母と共に生活していたが、五年ほど前に義父が死去した。ところが間もなく夫に肺癌が見つかり、闘病の甲斐なく、定年を前に逝ってしまった。亭主と息子を喪った義母の哀しみは深く、認知症を発症し、転げ落ちるように老けてしまった。要介護認定のステージは上がるばかりで、デイサービスだけでは和美の手に余るようになった。特に排泄の自覚を失った義母の世話に彼女は音《ね》をあげ、養護老人ホームに入所させたのだった。その間、耕平は和美の愚痴を聞き、他の客から見聞きした話をして相談にのった。

和美は独り住まいとなった。亡夫の退職金と保険金、それと遺族年金、貯蓄、持ち株等で、生活に支障はなかった。義母も、義父の遺族年金と預金の取り崩しで、老人ホームの支払いや生活費は賄えた。二人の息子は東京とロンドンに住んでいる。

「息子たちに一生懸命勉強させて、大企業に就職させせたら、この有様」

和美は自嘲的に語った。

「こうなったら、やりたいことをやる」

彼女はカルチャーセンターやスポーツジムに通い始めた。英会話を習い始めたのには耕平も少なからず驚いた。

一年余り前、エアコンが故障したというので訪問したら、寝室のベッドの枕元の壁に室内機が取り付けられていた。ブルーシートを敷くため、和美はダブルベッドの上を四つ這いになって片づけた。耕平に向けられた和美のまあるい尻に欲情し、思わず後ろから覆いかぶさってしまった。当初和美は抗《あらが》ったけれど、耕平は力づくで彼女を押さえた。二人はしばらく身動きできぬ状態でいたが、和美は観念したのか、身体の向きを変えて耕平に抱きついてきた。それ以来の関係だった。

坂本冬美の歌を聴きながら天井を見つめていると、ドアが開いて佐川が入ってきた。

「なんや、まだ点滴が取れてないのか」

彼はそう言いながらソファーに座った。

「情けない姿や、ガールフレンドに見せられへん」

「なるほど、これがお前の身体に入って、ここへ出てくるのか……」

佐川は支柱台を点検するような視線で言った。

「まるでオシッコ製造機やないか」

耕平はリモコンで音楽を停めた。

「退屈してると思って、週刊誌持って来てやった。電車の中で、あらかた読んでしまったけどな」

「何ッ！『死ぬまでSEX』って書いてあるやないか。このチューブ、俺のどこに繋がっているか、分かってるやろ。挑発するな。俺はいま、男性を失っている身体や……」

　佐川は高校のときからの友人で、いっしょに悪所通いもした気の置けない仲だった。この度膀胱癌を宣告されたとき、陽子の次に彼に報告して相談した。佐川は一流企業で相応の役職を勤めあげた男で、世知にたけ、実践的な行動力を持っていた。時として、小売商としての耕平に厳しい意見を述べることもあった。耕平を持ち上げようとする業界の輩ばかりの中で、佐川の意見は貴重だった。

「趣味のない人間は、こんな時退屈で身の置き所がない」

「本を読んだらええ。そうやなあ…、『三国志』がええ、時間を忘れられる。買って来てやろうか?」

「いいや、嫁はんが書類をいっぱい持って来てる。同業者を組合組織にする約款の下書きや。俺、理事長になってくれ言うて頼まれてるねん」

　そこへ看護師が入ってきた。

「採尿します」

　彼女はベッドの傍らにしゃがんだ。

「看護婦さん、そのチューブ、ちょっと引っ張ってやって。その男がどんな顔するか、見てみたいから……」

「阿呆なこと言うな！」

彼女は動じない。ガラスの容器を持って黙々と作業をしている。

その彼女が立ち上がるなり「ちょっと引っ張ってみたけど、感じないみたいよ」と、佐川の方を向いて言った。

「阿呆なことするな！」

「冗談よ。点滴が終わったらコールしてくださいね」

看護師は背中に笑いを残して出て行った。

「ちょっと脈ありやな。夜中に呼んだら来るぞ」

「残念ながら、五時で担当が替わります」


六時に夕食を済ませると、十時の消灯まで時間を持て余す。テレビをかければ卑しそうに物を食べているか、賢そうにクイズに答えている番組ばかりである。食通芸人、インテリ芸人がもてはやされている。チャンネルを変えても興味がもてないドラマ。耕平は基本的にニュース番組しか観なかった。その他の時間は坂本冬美の歌を聴いて過ごした。陽子が持って来てくれた盤が食傷気味になったころ、小百合が坂本冬美のカバー曲『Love Songs』のシリーズを二枚買って来てくれた。『また君に恋してる』を聴きながら、耕平は陽子を連れまわしていた学生時代を思い出した。

初めて二人で観た映画はダスティン・ホフマン主演の『卒業』だった。教会で「エレーン！」と叫んで、ベンジャミンが花嫁を奪い取る場面。ふと隣を見ると、陽子は眼に涙を浮かべていた。耕平は彼女の手を強く握った。

結婚して四十年近くになる。ともに商いに励んできた。以前から、もし耕平にガールフレンドができたら、即日に見抜く、と陽子は豪語していた。ところが耕平はこれまで四人の女性とつきあった。彼女たちはすべて年上の寡婦だった。彼女たちは亡夫の遺産と年金で悠々自適の生活をしていた。息子や娘たちは自立していて、不自由のない生活をしていた。耕平は彼女たちの疑似恋愛の相手をしたのだった。自らの生活を壊したくない、しかし自らのやるせない渇望を埋めたい。耕平は彼女たちにとって、従順で安全な相手だった。耕平にしても、自らの生活を破壊しかねない危ない女性は敬遠した。ともに身の安全を心がけた賢い女性を選んで付き合った。彼女たちも今は高齢になって、深い関係は絶えているけれど、今も彼女たちの家に出入りしている。陽子は何も知らなかったのか、薄々は気付いていたのか、耕平には分からなかった。藪蛇になることを怖れて、いまも素知らぬ顔を通している。

ところが和美の場合は違った。和美は十一歳年下だった。若い彼女に溺れ、深夜、酒を飲みながら、愛おしい思いをすることがあった。それゆえに耕平は慎重に行動した。例えば二人が逢うとき、耕平は《14?》とメールする。午後二時にいつものところで、という意味だ。OKなら《○》、駄目なら《×》の返事が来る。これでお終い。《なぜ》とか《何時なら》とか、しつこいメールは交わさない。そして、このメールのやり取りは削除する。また、和美から電話が掛かることはない。耕平の傍に誰がいるか分からないからだ。和美から《!》とメールを送ってくる。耕平は傍に誰もいないところから和美に電話を掛けた。そして、和美の電話番号登録は、取引会社の営業担当の第二電話になっている。送信履歴に和美の名前が出ないようにしていた。これほど慎重にしていても、女の第六感には恐るべきものがあると、耕平は思っていた。

部屋のドアが突然開いて、和美が入ってきた。

「入院してることを隠すなんて。ずいぶん水臭いのネ！」

彼女はそう言いながら、耕平に覆いかぶさってきた。耕平は、和美がどうして入院を知ったのか、訝しく思いながら唇を重ねた。久しぶりの逢瀬に心を許した。

「可哀想に！　あたしの大事なところが、こんなひどい目にあってる！」

和美はそう言いながら、チューブを弄《いじく》った。彼女はチューブを手繰り寄せて、局部に迫ろうとする。

「アカン！　駄目！　止めろ！」

耕平は必死で和美の手を押さえた。

「うふっ、にゅるにゅるしてる……」

「オレはいま、男の尊厳を失っている……」

耕平は身悶えた。

「ガールフレンドがやっぱりいたのネ」

和美の肩越しに突然陽子の顔が現れた。

「違う、違う、誤解だ！　話を聞いてくれ！」

耕平は和美の身体をかなぐり捨てた。

「こんなチューブが大事なんて、可笑しいワ。わたしにはまったく役に立たないのに。外ではいい格好ばかりして……」

陽子がチューブをつまみ上げた。

「誤解だ！　オレは何も連絡してないのに、勝手に見舞いに来ているのだ」

「勝手に来たなんて、ひどいじゃない！」

和美が陽子の後ろから叫んでいる。

「こんなチューブ、ちょん切って懲らしめてあげる」

陽子は異様に大きな裁ちバサミを持っていた。

「止めろ！　ヤメロ！　ＳＴＯＰ！　オシッコが洩れてしまう……」

耕平の目の前で、大きなハサミの刃がチョキチョキ動いている。〈これは悪夢だ！　夢に違いない！〉そう思いながら耕平は身をよじるようにしてハサミからのがれた。

「嗚呼！　男を失ってしまう！」

「男じゃないくせに！」

「奥様、それじゃ一瞬に駄目になってしまうから、面白くないわよ」

ややこしい時に昼間の看護師が現れた。呼んだ憶えはない。さては佐川の差し金か。

「患者さんの扱いは、わたしに任せて……。チューブをこう持ってね、こんな風にしてやるの。ネ、くねくねして面白いでしょ」

耕平に繋がったチューブが突然ヘビに変わった。ヘビは鎌首をもたげてくねくねしている。耕平の身体もくねくねし始める。

「ここのところをね、こんな風にさすってやるの、するとね、頭が硬直してくるの。ピーンと起つのよ。ほ〜ら、ネッ！」

「嗚呼〜、ああ〜」

耕平は全身を硬直させた。

「これでも我慢してるのよ。面白いでしょ。もうすぐ我慢できなくなって、ペッ、ペッと、射精するのよ」

「止めろ！　止めて！　お願い……」

耕平が叫ぶと、看護師はチューブを持ったままベッドの傍らにしゃがんだ。

耕平が肩で息をしながら身体を起こすと、看護師が懐中電灯の灯りの中でビニール袋の尿をガラス容器に移していた。

彼女は耕平が目覚めたのに気付いた。

「ゴメンなさい、起こしてしまったみたい……」

彼女の眼が暗がりの中で妖しく光った。

菅谷杢太郎

鷲梟《わしぶくろう》の源三

闇夜、糸のように細い月を背にした鷲梟《わしぶくろう》が両肩をぐっとせり上げ、大きな翼を広げて、逞しさを誇示するかのように飛ぶ。

翼の間にある顔は人間と同じように両目が顔の前面にある。その大きな丸い目に、鋭さと愛嬌がある。

源三はその目が鷲梟に似ているので、鷲梟の源三と呼ばれるようになった。梟は森や繁みや木の洞などに棲む夜行性の猛禽で、超凡の耳を持ち暗闇でウサギや野ネズミが動くかすかな物音を感知して捕獲する。しかも、獲物に近づくときの翼には羽ばたきの音がない。

こうした梟のような能力を持っている源三が鷲梟の源三と呼ばれるもう一つのゆえんである。

鷲梟の源三の年齢は不詳である。

敏捷な動きは三十前後、造作は四十の落ち着きがあり、思慮深いところは五十か六十。

老けているようでもあるが精悍なのである。

筋骨たくましく刀を持てば負けを知らず、跳躍することも群を抜き一間《けん》は優に飛び跳ね、十貫の石を抱えて走り、眼には優しさと鋭さが交互し、耳は冴え、相手を威嚇するときの声は風を巻き起す。

時は戦国の時代。主君も家名も失い、今さら失うものなど何もないが多少は腕に覚えがあり、武器の扱いには慣れた落ち武者、雑兵、足軽たちが徒党を組んで山賊となり、野伏せりに身をやつし、夜な夜な街道筋を荒らしまわる盗賊集団を作っていた。

そんな集団や、山中に深く棲み山窩の流れをくむ集団、半農半猟の特殊な能力を持つ集団が戦国大名の手足となって諜報活動や夜討の隠密攻撃などを行ってきた。が、多くの集団が戦で消滅した。

これらのうちで生き残った者たちが、後の世で忍者と呼ばれる集団なのである。

だが、鷲梟の源三は弱者を襲う盗賊にはなり下がっていなかった。

源三の生業は盗賊や山賊ではなく銭で雇われる軍兵、傭兵なのである。

傭兵の村の長、鷲梟の源三には十三人の配下がいたが、源三の意に従わない狼藉の輩は排除した。

戦国大名たちは戦になれば農民を兵に動員したが、農繁期に徴兵すれば本業の百姓をすることができないので、これに代わる銭で雇われるこれらの傭兵がいた。が、この傭兵には忠誠心などはほとんどなかった。

上に立つ武将の寝返りや裏切りが数限りなくあるなかで、それらに雇われた傭兵が危険な戦を真面目にするはずはなく、あてにはならず弱かったのである。

鷲梟の源三は昔、どこの戦国大名のもとにいたかは話さないが、源三の心根にある矜持と特殊な能力が紙一重のところで己を蔑むことをせずにいた。

源三は隠処《かくれが》に若い女を匿《かく》している。

お袖という名の女で年の頃は二十歳を過ぎたばかり。女を匿していると言ったが、お袖は匿して隠れ続けるような女ではない。

三年前の戦で源三が生捕《いけど》りにした女で気性は激しいが、源三の前では、ときにはしおらしく媚を表し、なまめきいろめく。

源三は弾力に富んだ肉と肌を持つお袖が可愛いく愛しくてたまらない。

源三の隠処の軒下には、皮を剝かれて乾涸《ひから》びたいくつもの蝮《まむし》が竹串に挟まれて干されている。

源三は野山を歩くときは特に注意して蝮を探した。捕まえると頭を叩き潰し、上顎と下顎に指をかけて引き裂く。蝮は皮も内臓も一気にむしり取られてきれいな桜色の薄い身と骨だけになる。

身と骨だけの蝮を、割った竹の串に左右に曲げながら挟んで乾燥させるのである。

蝮は内臓も頭もむしり取られ、骨と骨を取り巻く薄い身だけになっても、二、三日は何もない桜色の体をわずかにくねらし続ける。

目も口も内臓もなく、もはや元に戻ることはない体なのだが、その粘り強い生命力が強力な滋養強壮になると信じているのだ。

そのようなものがなくても源三は逞しく精悍なのだが、若くはち切れるような肉体を持て余すお袖の前では頼りたくなる。

貪欲なお袖を精も根も尽き果てさせ、起き上がる気力も失うほどに責めるためには蝮が必要なのだ。

お袖は豊かな胸、細いがたくましくよくしなる腰、そして見事な肉を詰めた臀肉、さらにしっとりと脂を乗せて伸びる脚を持つ女である。

そうした身体も逸品であるが源三を驚かせたのは貪欲と思うほどの飽くなき欲情だった。

源三がお袖を生捕りにして隠処に連れ帰ったとき、お袖は男は知っていたが、その場数は少ないようだった。

それが一カ月もするとお袖は貪欲な姿を見せ始めた。それは生来のもののようだった。

源三にとってそのような女は初めてだった。いちど果てると背を向けて寝る女が多い中で、お袖は終わってもたちまち精気を戻し汗みどろになりながら源三の思いに応えた。

それが珍しく面白く、愛しかった。汗にまみれた肌と肌が溶けあって一体となるのではないかと思うほど、ひしと抱き合い、さながら性獣のように乱れて絡んだ。

そのためには蝮が必要だった。

貪欲なお袖に王手《おうて》するためには蝮を焼いて食って精をつけて逞しくなければな

らない。

考えようによってはお袖が源三の若さを作っていた。お袖を満足させるために体力をつけ、精をつけ、危険な場でも命はおろか怪我をせぬように細心の注意を払って戦場を駆け抜けてきた。

夏の暑い盛りの昼過ぎ、油蟬の群れが耳をつんざくように鳴いている。

源三は蚊帳を吊った納戸の裏の障子を開けていた。納戸の裏には非常食用の栗の林が広がり、林の中を抜ける涼しい風が納戸へ流れ込んで来る。

蚊帳の中で緋色の単衣《ひとえ》に袖だけを残し、前をはだけ、乱れた姿のお袖が、四肢を投げ打って荒い息を吐いている。

固く豊かな胸が汗に絖《ぬめ》光り、腹が激しく上下に喘いでいる。源三が隣でこれもまた荒い息を乱して仰臥している。

お袖が寝返りを打って源三の方に転んで、源三の下腹部に細い腕を伸ばして摑んだ。

「わたしは、まだ一度だけなのよ、源三、しっかりしておくれ」

お袖は左の腕を枕にして右手でつかんだものに力を込めた。

「うむ」

源三は唸った。

お前に王手は出来ん。と言いたかったが、言えば年と弱さを認めることになる。

精を抜けば消沈してしまう。抜かねばお袖が「私はそれほど愛嬌がないのか」

となじり「なかで終われば源三のことを、ずっと懐かしく思うのに」と責める。

「まあ、待て。暑すぎる。水を飲んで来る」

源三が立ちあがった。

「袖にも汲んできて」

お袖はしどけなく身体を折って、よく伸びた一方の脚を緋の単衣から惜しげも
なくこぼしてくの字に折った。

源三が出て行ったあと、ゆるい風が蚊帳を揺らした。

油蟬の鳴き声がいっとき鳴き止み、戸口の板戸を引く音がした。

「鷲梟の源三殿はご在宅か」

男が戸口で呼んでいる。

源三には聞き覚えのある声である。

湯呑に水を汲むと、納戸へ行き蚊帳をめくってお袖に渡した。

「わたしは、出ないよ」

「うむ。ここに居れ」

源三は冷たい水で顔を拭うと、寝間着を脱ぎ野良着に着かえて戸口へ出た。

「源三殿、お久し振りでござる」

戸口に立って額の汗を拭いているのは、西へ侵攻する戦国大名の使いの五十手前の男、伊野矢左衛門である。

「伊野殿も壮健な様子で」

「さすが源三殿、お盛んなようで」

「わかるか?」

「女子《おなご》の匂いが滲み出てござる」

「そうか、野良着に着かえたのだが」

と言い、板敷で胡坐《あぐら》をかいた。

「女のために生きておるのか、生きるために女を抱いているのか、ときどき迷うことがある」

「それが、なによりの強壮の証でござる。お大事に」

伊野が上がり框《かまち》に腰を下ろした。

油蟬が思い出したように激しく鳴き始めた。

お袖は納戸で寝乱れた姿で眠りを貪っているのであろう。客人があっても茶を汲んだりする女ではない。

伊野矢佐衛門は懇意な御得意なのである。源三はこれまでに十度あまり依頼を受けて、夜の闇に紛れて奇襲戦をしたことがあるが、すべて成功している。伊野矢佐衛門には信用があるのだ。

傭兵の請負金は事の前に下拵《したごしら》えとして半金を貰い、事が成就したときに残りの半金を貰うことにしている。

請負金は少なくない。生き死にを賭けた稼ぎである。怪我をしても死んでも補償はない。そのためには戦上手で強くなければならない。

「山城を兵糧攻めにしておるのだが、なかなかしぶとくてのう。兵糧を相当備蓄しているようで手を焼いておる。早く攻め落として次を攻めねばならん。時がないのだ。ついてはその山城は隣の裏山より尾根伝いに飲み水を引いておるようなのだ。その水の管路を絶ってもらいたい。どこに敷設しておるか分からぬが、鷲梟の源三殿の耳と目で探し出し絶ってほしい。もちろん、水を止めると敵が攻めて来るだろうが、しばらくはその始末もしてもらいたい」

遠くで雷鳴がした。追うようにして風が出てきた。

「やらせていただこう。ただし十五日、いや十日はほしい」

「いかにも、何日とは申さぬが一日でも早い方がありがたい。表に銭五十貫を持たせておる。いかがかな」

「承り申した」

源三は命を賭ける仕事を請け負った。

伊野矢佐衛門は表に待たせていた荷駄の銭五十貫を足軽に運ばせた。

五つの俵に入った銭五十貫が戸口の土間に積まれた。

伊野矢佐衛門が帰ってしばらくしてお袖が納戸から出てきた。

緋の単衣の寝間着に帯を乱して締めているが、その下にはお袖が誇り、源三が飢《かつ》え垂涎するしっとりと掌に吸いつくようで弾力に富んだ身体が火照っているはずである。

「銭も五十貫となると、馬で運ばせるのだな」

お袖が珍しそうに銭の山を見つめている。

「お袖、もういちど、納戸へ行け」

源三はお袖を唆《そそのか》した。

「銭を見たら、たくましゅうなったか」

お袖が嫣然《えんぜん》と笑う。

「おう。わしには、お袖と、誰にも真似が出来ん仕事があれば何も要らん。立てなくなるほど腰を抜かさせてやる」

「うふ……」

お袖はしなやかに媚びるように、白いふくらはぎを緋の裾からこぼれさせ納戸へ入った。

だが、源三のものはお袖の前で躍動しなかった。

〈どうした！〉

源三は焦って腹の中で奮い起した。が、源三の呼びかける叱咤激励を無視し続けた。

「いいのよ。源三。源三の頭の中は次の仕事のことでいっぱいなんだろう」

「うむ……」

「してあげようか」

お袖が首を振り長い髪を肩にかけ、妖艶な笑みを浮かべ源三の股間に潜った。

源三は今夜の内に仲間に呼びかけ、明日には出立しなければならぬ、忘れてはならぬ得物はと考えていた。

「やっぱり、駄目ね」

お袖が口許を濡らして顔を上げた。

源三は傭兵の村の跡継ぎとして自他ともに認めている重太という男にその旨を伝え、得物と食糧をそれぞれが準備して明日の早朝に集まるよう、傭兵の村に触れさせた。

翌朝未明に十三人の男たちが集まった。

源三はこの度の請負のことを説明した。

立て籠る山城は裏側の大きな山に抱かれるようにして突起した独立峰になっており、山頂の狭い平地に籠城する山城がある。裏山から尾根伝いに地中に土管を埋めた彎管《わんかん》で水を押し上げておる。その水を断つのが仕事だ。と。

「期限は十日だ。その間留守にすることになるが、この度の留守番役は」

源三は、今回は誰を留守番役にしようかと迷っていた。

傭兵の村には女子供もいるし、それなりの家財も銭もある。男どもすべてを駆り出して留守にするのは危ない。

傭兵の村にも盗賊が来襲しかねない。

三十に少し前の屈強な彦佐の様子が最近少々おかしい。源三を正視することを避けている。何か企んでいるのかも知れぬ。

彼奴を連れて行って何処ぞで裏切られては困る。もうしばらく様子を見るために彦佐は残して行こう。そして彦佐だけでは気掛かりなので彦佐を監視するために万作と弥助を残そうと考えた。

万作は六十を過ぎて足が少し弱くなっているが、頭もよいし剣使いの腕は引けを取らぬ。少々酒好きなところがあるが近頃では深酒をすることもない。

弥助は三十ぐらい。頭もよくこれも腕が立つ。源三は弥助を信頼している。が、この男も酒には弱い。

酒の他に楽しみがないことゆえ、仕方がないことだと許している。

朝の空気が早くも蒸すような熱を孕んでいた。

「行ってくる。逃げるなよ」

源三は張りのある肉をつけたお袖の腰を片腕で抱きよせ顔を近づけた。

「朝から、いやだょ」

お袖は腰を抱き寄せられたまま上体を背けた。

「無事で帰って来るのだよ。そのときはうんと可愛がってあげるから」

お袖は嬌笑《きょうしょう》しながら艶めいたことを言ったが、どこか乾いた感じだと源三は引っかかった。

しかし、いったん家を出て戦場へ向かえば娑婆気《しゃばけ》を捨てて身を入れなければ怪我はおろか命取りになる。

籠城する山城の麓に着いたのはその日の夕方だった。

連なる山の一つの山腹から突起するように端山があり、その頂に山城があった。

母なる山から離れた端山は小さいながら独立峰のようになっている。その独立峰と裏の山をつなぐ細い尾根筋は極めて薄く切り立っている。

山城の正面の小山には本陣が敷かれ、本陣と山城の間には平地軍、そして上流側には左翼軍、下流側には右翼軍が布陣し、包囲の形成はその尾根筋を除き完成し、その延長は二里、包囲網には柵や塹壕《ざんごう》を掘り、哨所《しょうしょ》を設け、夜には三間ごとに篝火《かがりび》を焚いて兵糧と脱走を断っているということだった。

源三たちの仕事は端山と裏の山を結ぶ細くて薄く切り立った尾根筋に埋められた土管の取水口を封鎖することである。

細く薄い稜線に味方の軍兵を送る作戦もあったが、それは損失が大きいので、源三たちの才覚が買われたのだった。

陽が落ちるのを待った。

明るい間だと山城からの物見に見つかるかも知れない。谷川を登る途中で地の利を知る相手側の待ち伏せに会えば損害が大きい。

谷川は暗く狭く険隘《けんあい》だった。深くえぐられた渓流は岩石が点在し、その間を水が縫うようにして流れ落ち、ときには屛風を立てたような滑《なめ》らの岩に出くわし登《とう》攀《はん》は容易ではなかった。

二刻ほど登ったところで源三はかすかに人の気配を感じた。

谷川の傍にクヌギの林の林立する一畝ほどの平地があり、そこに掘っ立て小屋がある。

人の気配はその小屋の辺りにあった。

おそらく水番の兵がいるのであろう。

源三たちは平地の端の下に隠れて様子を探るために息をひそめて窺った。谷川の水の落ちる音が林の中に聞こえてくる。

クヌギの林の上に細い月が弱く青い光を落としながら見え隠れしている。

源三は弾力に富んだ若い肌に汗をにじませて悶えるお袖のことを思い出していた。

早く仕事を終わらせて、あの可愛いお袖のところへ帰らねば、貪欲なお袖を堪能させねばならぬと。

小屋の中を探ることは小屋から出てくる兵を確認するしかない。が、そのような悠長なことは待てない。

「待っておれ」

源三が仲間に小声で言った。

源三は身を隠すクヌギの黒い幹と、点在する馬酔木《あせび》と、笹の群生を確認すると、すばやい速さで木の陰から陰へ、馬酔木の塊へと跳ねて体を隠しながら小屋に近づいた。

小屋の中は静まりかえっている。

平地のクヌギの林に谷川の辺りから来る涼しい気配が漂っている。

源三は夜の猛禽、梟が獲物を狙うように音を立てずに小屋に近づいた。

破れた板張りの隙間から中を覗くと、四人の兵が眠りこけている。

源三の脳裏に今朝のお袖の、どこか乾いたような声が過《よぎ》った。

なぜか厭で凶暴さに火がついた。

源三は板戸を開くと、丸い目の梟が、頑丈な翼を広げ翼の音を消して獲物に襲いかかるように、小屋の中を左右に跳ねて飛んで瞬く間に眠り続ける四人の首を刎ねた。

源三は小屋の外に出ると、梟の鳴き声を低く放った。

平地の端から黒い仲間が現れ、四人の死骸を窪地に投げ込み埋めて痕跡を消した。

「この上に水取り口があるはずだ。ここで夜明けを待って、明日、夜明けからかかろう。それまで休め」

麓を眺めると、線状になった包囲網の篝火の小さな灯が連なっているのが見える。

源三たちは光が漏れて山城に感づかれてはならないので小屋の中で火を焚き、麦と粟に雑穀を混ぜた雑炊を炊いた。

暗い小屋の中で赤黒く日焼けした面々が小さな焚き火に浮かび上がる。先ほど四人を殺し穴に埋めたことなど全く思わせない。

食糧は、醬《ひしお》、餅、干飯《ほしい》、炒米《いりごめ》などを打違袋《うちかいふくろ》に詰めている。

「馬蔵よ。明日、お前は気づかれぬようにしてウサギを仕留めてこい」

馬蔵は弓矢を得手としている。

「十日もここに居るとなると精をつけねばならん」

源三は馬蔵に指示をした。

「まかせておけ。明日の晩は狸汁ならぬ、ウサギの塩焼きを食わせてやる」

馬蔵は背負ってきた得物の小振りの弓を取り出してしごいた。

「源三は若い女子が待っておるので、余計に精を落としてはならんのだ」

雑炊の世話をしている留吉が目を瞬かせながら言う。

「そうじゃ。蝮がおれば捕まえておいてくれ」

源三が煙管の煙草に火を付けた。

翌朝、未明に昨夜炊いた黒米に塩と嘗味噌《なめみそ》をまぶした飯を食べた。

「今さら、手練《てだれ》のお前たちに言うことでもないが」

と、源三は前置きしてから、水面に枯草が集まっているところ、急に水嵩が減っているところ、水面に妙な渦が巻いているところ、岩や石の不自然な配置になってるところ、瀬に人の手が加わったような地形になっている場所、そういうところがあれば耳をすまし、水を吸いこむような音が聞こえないかを確かめること。ここに水番らしい小屋があることからしても、それは近くにあるはずだ。と。

「猿吉、トリカブトは持ったか」

源三が猿吉に念を押した。

「これだけの量をまともに飲めば百人や二百人は動けんようになる」

「よし。馬蔵はウサギ狩だぞ」

東の空が白む頃には小屋を出て、一刻も経たないうちに取水口らしいところを見つけた。

小屋から一町ほど登ったところだった。

岩盤にせき止められて小さな滝を作っている上だった。流れが淀んだところがあり、かすかに水面の動きが瀬の苔生した岩の根の方へ流れているようだった。

「この岩を取り除け。水を濁らすなよ」

源三が指示をだす。三人がかりで岩を動かすと、その下に溜まった砂が川底でかすかに揺れている。その砂をそっと取り除くと、下に拳から親指ほどの砂礫が現れ、さらにそれを取り除くと、茶色い土管の口が現れた。

「こいつだ」

「思うたより早《は》よう見つけたな」

「まず水替えをして土管の口を水面すれすれにするのじゃ、そこへトリカブトを流しこむ。一気に流し込んではもったいない。小半時掛けて流し込むのじゃ。その後、土管に土や砂を流し込み、土管を詰まらせるのじゃ。ここから山城までどこに土管が入っているか、そう簡単には分からぬ。これで飲み水は断つ。じゃが、山城から兵が来るじゃろ、来たらそいつらを殺《や》る。この暑いときじゃ、水なしでの山城は長《な》ごうはもつまい。もし、水溜めがあったとしても、そこにはトリカブトが流れ込んでおる。溜めた水は飲めぬ。わしらはしばらくウサギの肉でも食って待とう」

土管の水が引かなくなるまで砂や小石、土を流し込んだ。やがて水を吸いこまないことを小半時待って確かめると、もとの谷川の姿に戻した。

山城からの敵は朝まで待たなかった。

小屋の外で蚊に刺されながら見張りに立っていた丑蔵が小屋に入ると源三を呼んだ。

「どうした」

「来た」

「何人だ」

「わからぬ。四、五人かも」

「よし。任せておけ。ひと汗かいてくる」

源三は小屋の裏から出ると目を凝らしてクヌギの林なかを見やった。

下弦の月の弱い光が枝葉の透き間からかすかに落ちているが、林の中は暗く闇に近い。

毒を流しているのに、さほどに警戒心がないのか雑兵が何やらしゃべりながら林の中を歩いて来る。

源三の頭の中をいつもお袖が占めていたが、このときもよみがえったのは、出立する朝、お袖が嬌笑しながら言った言葉に、どこか乾いたものがあったということだった。

それを思い出すと源三は狂暴になる。

鷲梟の源三がクヌギの幹の陰から躍り出ると高々と跳躍した。

さながら猛禽の鷲梟が太く頑丈な翼を広げ、足の鋭い爪を構えて獲物に襲いかかるように雑兵の頭上から襲った。

飛翔した源三は地面に足をつくまでに二人を袈裟がけにしていた。

地上に立った源三は相手が驚きの声もあげぬ間にひるがえって一人を斬って飛びあがると四人目に斬りかかった。

五人目の雑兵に切っ先を向けて源三が訊いた。

「水は止まっておるのか」

雑兵は返事をしない。反抗して返事をしないのではなく源三が人間なのか獣なのか、物の怪ではないのかと怖気《おぞけ》に襲われているようだった。

「どうした。答えねば彼奴《きゃつ》たちのように斬る」

「……」

「水は止まったか？」

雑兵は直立したままうなずいた。

「水を飲んで死んだ者はおるか？」

雑兵がうなずいた。

「何人、死んだ？」

「……五人か十人、分からぬ……」

「あい分かった」

源三の声を聞くと雑兵は槍を放りだしてひるがえり逃げ出した。

「孫蔵！　あいつを斬ってみろ」

源三が小屋の方へ叫んだ。

小屋の前で見ていた孫蔵は林の中を黒い疾風のように走って、逃げる雑兵の後ろから覆いかぶさるようにして背中を斬った。

「それにしても源三はすごい男じゃのう」

小屋の入り口で源三の動きを見ていた男たちは唸った。

「恐ろしく強い男じゃ」

誰かが誇りとも恐れとも分からぬ声で言った。

「死体をどうしょう」

小屋の前から源三の傍へ来た男たちが聞いた。

「やがて次の新手が来るじゃろう、このざまを見て途中で逃げられても困るので、あの穴にほうり込んでおけ」

その後、次々と敵が偵察に来たが、誰一人として山城に戻れるものはいなかった。

敵方が大挙して押し寄せようとしても、山城から続く綾線は両側が切り立っていて幅は間中《まなか》ほどである。その狭い尾根の稜線を突撃して来ても、手練の源三たちが待ち構えていては取水の谷川に近づくことはできない。

五日目、小屋のある平地の端からは下を望むと、それまでは包囲軍が陣取っていたが、いまはその陣立がない。

十日の予定だったが十日にもならない間に城山の籠城は降参したようだった。

「潔い城主だ。よし。帰るぞ」

源三がみんなに声を掛けた。

山を下るときは隠れる必要はない。

足取りは速く、川沿いの獣道を駆けるようにして下っていた。

源三も一時でも小半時でも早く戻りたかった。

お袖にいっときでも早く会いたいばかりではなかった。

この戦の間、源三の脳裏に、腹の底に、いつもお袖の、あの乾いたような不吉な声が残っていた。

傭兵の村に戻ると、村は静まり返っていた。油蟬ばかりが村を押し包むように鳴き、厳しい日照りが辺りを焼き尽くすように照りつけていた。

源三たちが戻ってきた気配を感じてか、万作がびっこを引きながら出てきた。

「源三殿、申し訳ないことをした」

万作が地べたに平伏した。

「どうした?」

「すまぬ。彦佐とお袖が逃げるのを止めることができなかった」

「うむ。それで、お袖が彦佐に無理矢理連れ去られたのか。それとも、お袖も共謀して逃げたのか」

平伏した万作はしばらく口を閉ざして応えなかった。

「遠慮はいらぬ。言え」

「……わしと弥助が、お袖に勧められ、お袖の酌で、悪い癖だが少々深酒をしてしまい。気がついたときはお袖と彦佐に手足を縛られたときだった。そんなことをすると源三にどこまでも追われてあげくに殺されるぞ。止めるのなら今だ。わしは黙っていてやる。と言ったが、あいつたちは銭を背負って出て行った」

万作は地べたに平伏したままである。細く痩せた背中に太陽が容赦なく照りつけている。

「もうよい。万作、そしてお前は怪我はしておらんのか?」

「申し訳ない。何ともない」

「うむ。それがいちばんじゃ」

「弥助が後を追っているが、わしらも一挙して後を追って連れ戻そうか？」

「彦佐に無理矢理連れ去られたのなら追いもしようが、その気があって逃げた者を追っては男がすたる」

源三はその日の内に傭兵の村の長の跡目を重太に任せて隠居した。

重太は四人の配下に彦佐とお袖と弥助の後を追わせた。

他人《ひと》の使い古しのお袖はどうでもよかったが銭は取り返さねば傭兵の村の長の初仕事として面子が立たないし秩序が保たれない。

伊野矢佐衛門が傭兵請負金の残りの半金を持って源三を訪ねたのはそれから半月も経っていなかった。

源三の家の戸口に現われたのは、骨と皮だけの皺だらけで気迫も気力もない老人だった。

「源三殿か？」

「そうだ」

「まさか、そのお姿は」

「傷んでおるじゃろ」

「いかにも」

「かつての源三は死んだ。ここに居るのはいくばくかの肉を残した皮だけの老いぼれだ」

「なぜ、このようなお姿に」

「矢佐衛門殿、男は女あっての男。雄《おす》の男が女を失うと、生きる当てもなく値打もない」

「よい女を探してまいりましょうか」

「もうよい。よい女はお袖だけで良い。あんな女に出会ったのは初めてじゃ。これからもそのような女に会うことはないじゃろ。いまさら代わりなど探そうとは思わぬ。それにわしもいい年じゃ。あの女が逃げればわしは終わりじゃ」

「源三どのは、ほんとのところいくつになられる」

「わしは、七十ほどじゃろ」

「そうか源三殿は七十じゃったのか。その年で、それほどの元気とは恐れ入った。そうか、鷲梟の源三と恐れられた男の原動力は、そこにござったのか」

「己の能力の可能性と体力、それに心の若さ、それらに己から見切りをつけるとき老いが始まるというが、その通りじゃ。このとおり一気に老いぼれてしまった」

そのとき、重太が戸口に現れた。

「源三、彦佐とお袖を斬って銭は取り戻した。それで良かったのじゃな」

と、報告した。

源三は一縷の未練が消えてすべてが終わったと思った。

柳谷郁子

御《お》札《ふだ》

信号が青に変わった。直進してすぐ右折する。

すると右側は、この町が現代民家のモデル建築の一つとして文化財的な認知を与えているという和様の瀟洒な家である。

左側には、手作りの豆腐を売る新聞記事を幾つか貼り付けた曇り硝子戸の古ぼけた小さな店に並んで、緑色に白字の看板を大仰に掲げている新興宗教の館の、異様に尖った屋根が空に突き出ている。

それから青いラインを引いたコンビニが続き、その向こうには三方ガラス張りの真四角な銀行が殷々と明りをつけている。真昼の白光に滲むガラス越しのその秘密じみた明りは、わたくしの心の奥をかき乱す。

いちいちの家々がわたくしに語りかけてくるのだ。

突き当たりを左折すると巨大なマンションが三棟、ひときわ豪奢な威容を誇っている。

あそこでは吉田さんが、こちらでは中江さんがと、わたくしはその幾つかの窓々に死者たちの顔を映して苦しくなる。

わたくしはもう見ないようにする。次々に現れる信号だけを見つめてハンドルを握る。

しかしもうトンネルだった。

街中に怪しく現れる車を通すだけのトンネルに入ると、いつものように、トンネルを抜けた際《きわ》に建つマンションの四階の一室から、新子が存在を主張してくる。

新子の毒舌がトンネルの闇を行き交う車のライトに踊るように木霊する。

「あんた、ガス欠や。ガス欠や」

「かもね。充填しなきゃ、ね」

気力を失くしているわたくしを励ますのはいつも新子の毒舌だった。

彼女はキャリアウーマンの人生のほとんどを腎臓を病んで過ごした。

その彼女を支えた妻子持ちの男がいた。

彼が海辺で釣餌にする子虫を養殖し始めると、彼女はそれを手伝うために勤務後せっせと其処《そこ》へ通いはじめた。

宵闇を分けて軽四を走らせる。

こんもりと盛り上がる山裾をくねくねとめぐる細い土手道を、上ったり下ったりしながら、わずかに拓けた砂場に据えられている如何にも粗末なトタン張りの屋根の小屋に辿り着くと、小屋の主が来るまで、虫たちが居心地良く健康に繁殖するように水と温度の管理をするのだ。

「雨風のときなんか怖いんよ、ハンドルひとつ間違ったら転げ落ちるもん」

新子は幸せそうに言った。

その新子はあっけらかんと何人もの男と寝た。

「彼奴《あいつ》、奥さんと腕組んで嬉しそうに歩いてるんよ。悔しいからワイシャツの襟に口紅べったりつけといてやった。どうなったかな」

「この間ね、新幹線で隣り合わせた紳士と途中下車してホテルに泊まっちゃった」

「悪女」

と言うわたくしに、

「うちは聖女や。悪女はあんたや」

そうやね、悪女はわたしかも、とわたくしは笑った。本当にそう思ったからだ。

「こんなもん、うちには用無いんやけど」

悪たれをつきながら、新子はわたくしが渡したお守りを肌身離さず持っていた。

新子が生きた証の漂うトンネルを抜けると、一目散に車を走らせる。

何も見まい考えまいとするけれど、またもう其処は、木原治郎の家だ。

今は花の時期ではないが、桜並木の続く一郭を曲がってその向こうにひっそりと現れる小さな鳥居を見ながらよく訪れた、如何にも町家風の木原の家が、まざまざと浮かんでくる。

木原は日本国陸軍の軍曹だった。彼《か》の敗戦でソ連軍に捕われ長いシベリア抑留から帰還した頃には、すでに日本は一転、復興と自由を謳歌する進軍ラッパを吹き鳴らしていた。

「最後の帰還というのはだな、最後までソ連の洗脳教育を拒否したたっちゅうことなんや。まあどんな風体風貌で船から降りたことやろ。儂《わし》の奥さんは、二人の子どもの手を引いて突っ立ったまま、儂が前に立っても儂を分からんかった」

彼を信じきって何があっても芙蓉のような微笑を絶やさない妻に、木原は心中、謝罪することが山ほどあった。

「そんな奥さんを儂はその後も何度も裏切ったんや。日本のあまりの変わりように戸惑いながら、それを言い訳にしとったんやな。女の子と遊び歩いて、よう奥さんをほったらかしにしよった。奥さんは何にも知らんけどな」

知らないふりをされていただけよ、とわたくしは言った。

密かな謝罪のために妻より早起きをして朝食を作るようになった半年後、一代で家業を起こした社長、木原治郎は忽然と逝った。

「なんだか疲れた。ちょっと横になる」

朝食を卓に並べ妻を起こしたあとベッドに入り呼吸を止めた。

息が詰まる。

木原が朗々と歌った「オーソレミヨ」が「なんだか疲れた。ちょっと横になる」と織り成して、遠い海鳴りのように響鳴している。

何も見まい聴くまいと、わたくしはさらにハンドルを握る手に力をこめ深呼吸をする。

でも駄目なのだ。

橋を渡れば、其処には鮮やかに、一ノ瀬先生が住んでいた大きな家が空き家のまま朽ちもせず残っている。

橋と言っても今は川を渡る橋ではない。昔はわずかにも川が流れていたのだが、今は茫々と灌木が繁る底地に架かっている丸木橋である。

先生は自転車で軽々とその橋を渡り小学校へ通っていた。放課後、校庭でわたくしたち生徒と一緒に喚声を上げながらボールを拾い、休日には片言の英語を操ってベトナム難民の世話をし、よれよれのタオルを手にいつも額の汗を拭っていた。

先生が松谷房子先生に思いを寄せていることはみんなが知っていた。二人が仲良く肩を並べて歩く姿はわたくしたち生徒をうっとりさせた。結婚は間近に違いないとわたくしたちは楽しみにしていたのだ。

房子先生が突然転任になり、残った一ノ瀬先生は、相変わらず汗をぬぐいぬぐい自転車を走らせて一年が過ぎたあと、自転車ごと、丸木橋から転落されたのだった。

残された両親も後を追うように続いて亡くなり、由緒ある旧家の家屋だけがひっそりと生き永らえている。誰が手入れをするのか、ときどき家を隠すかのように邸に蔓延《はびこ》る藪がさっぱりと刈り取られる。

先生の声が耳の奥にたゆたっている。

「青子。先生を信じて従《つ》いてこい」

裏切ったのは房子先生ではなくてわたくしだったのかも知れない。

肩の震えが止まらない。背中に何かが這い上がる。わたくしは胸の底から涙を掬《すく》い、喉もとに詰まった絶叫を、流さない涙で閉じ込める。

先生、先生、とわたくしは喉もとで呼びつづける。

飛び地のように中洲がつづく河辺りのドライヴ道に出た。

柔らかい白光にまどろむ銀色の川面に点々と白鷺が佇んでいる。ようやくほっとする間もなく、もう少し行くとまた今度は、永田康子が息を引き取った老人ホームだ。

身寄りのない彼女の世話をして気がつくと十二年が経っていた。

青子さん、とわたくしを彼女はそう呼んだ。青子さん、わたいはいつまで生きとるんやろ。早う死なんと。死なせてくれんと、ねえ。

夫は戦艦大和と共に海に沈んだ。再婚した医師の夫も先妻の子を彼女に託して逝った。うみゆかば、みずくかばね、とそれしか彼女は口ずさまなかった。

車椅子を押して河辺りに休んでいたあの時も、やはり白鷺が舞っていた。

康子は白鷺をじっと眺めながら、こぼれるように呟いた。

「神様はいるのかねえ。青子さんは神様はいると思っとるんやろねえ」

「わたしの神様は、そうねえ、言ってみればわたしの内にいるわたしだけの神様なの。その神様にわたしはいつも祈ってるの。おばあちゃんもね、おばあちゃんの内にいる神様に祈ってよ」

「いいこと言うねえ。わたいも、これからはわたいの神様に祈ることにしようかねえ」

その翌日であった。康子は一函二十万円という〈長寿延命〉と銘打ったサプリメントを一ダース購入したのだ。

九十六歳の穏やかな死であったが、遺された十一個の金色の美しい函を、わたくしは棺に眠っている彼女の胸にそっと抱えさせた。

永田康子は、早く死にたい死にたいと言いながら、延命と銘打った薬を飲むために今はそれだけが頼りの金銭を惜しまなかった。生きようとして、本当は生きたくて、自分の神様に祈ったに違いない。その時、死の時を迎えたのだ。美しく哀しかった一人の老女の死が、遠く深くわたくしに語りかけてやまない。わたくしはいつの間にか遠まわりをしている。

高速道の側道の片側はしばらく畑であった。じりじりと音を立てているような強烈な西日を浴びて黒い物が点々と散らばっている。鴉だ。わたくしは目を背ける。

側道を抜けると、滑るようにしなる天蓋の下で若者が声を張り上げて車を迎え入れ送り出している白亜のガソリンスタンドが、突如として出現する。続いて巨大なスーパーマーケットが一つの街を形成している。

その背後の一郭で、主を失ったばかりの時田玲の家がまだ彼の息づかいを放っているのだ。

将来を嘱望された新進作家は、長年書き溜めていた自伝的長編を出版すると三年にわたる世界一周の船旅に出た。戻って来た彼は再びペンを握ることが出来なかった。末期の胆管癌であった。

病室のドアをそっと開けたわたくしを認めると、彼は号泣した。母親と二人で暮らし独りになった彼に、わたくしは或る女性を紹介したのだが、彼女はわたくしに言った。

「素敵な方ですけど、あの方は別れるときに仰《おっしゃ》ったんです、幸せになって下さい、って」

人の中に在りながらどこかはみ出ているクールな枠を身にまとっていた時田玲の、命の爆発的な号泣はまだ生々しく、死者の影にもなり得ないでいる。成功は賭けに等しい最新の手術に、彼は望みをかけたのだ。思う存分、生きた、もう死んでもかまわないと、自分を納得させ覚悟を強いた。

「まだまだ書かないとね。書くことがいっぱいあるんだ」

時田玲の声が降ってくる。

いよいよ身の置きどころがない。

行くところ、至るところに、寸分の隙間もなく、記憶が積もり積もっている。何処《どこ》も彼処《かしこ》もが死者たちの影のそよそよと重なり合い擦れ合う気配で満ちているのだ。死者たちがひそひそと呟き呻き叫んでいる。乾いた哄笑がカンラカラと響き渡る。

地球上に生命が宿って以来の、びっしりと積み重ねられた命という命の気配に埋もれて、わたくしはその重みに耐えかねている。そのわたくしもいずれ、ひしめき合う影たちに紛れてしまうのだ。そして生きてゆく者たちへ歌い、語りかけ、忍び泣くのだろう。

すると、今生きている者たちもこれから生まれて生きていく人々も、命という命はみな、死者の影たちの仲間なのだ。

あの方もいつか影になる。もう影になっているなら、その気配をわたくしが感じないはずはない。あの方はご健在だ、と不意にわたくしは思いハンドルを握りなおす。掌に汗がにじむ。

規則正しい列車の振動とその音を、遠く深く、わたくしは息をつめて耳の奥で聴いている。

わたくしは東京経由で父の待つ郷里へ向かっていた。

祭りのため寸分の余地もない満員の臨時列車である。立ったまま息を継ぐ胸の起伏も思うようにならないでいるわたくしを、いつの間にか庇って突っ張っている背広の腕があった。

　揺れるたびに少しずつ体の向きが変わり、ついにナイトの主の顔を見ることが出来た。

「ありがとうございます」

　とわたくしは言った。

「いいえ、どうも。大丈夫ですか」

　彼は言い、わたくしたちはそのまま沈黙して列車の振動に躰をあずけていた。

　停車駅ごとにわずかではあるが余裕が出来はじめ、しばらくするとわたくしたちは吊革につかまりながら、どちらからともなく笑顔を交わし合った。

「お祭りに行かれるんですか」

「はい、郷里なんです」

「いいですね。僕は甲府です。仕事で三か月出張してましてね、久しぶりに帰るところです」

「まあ、それでは奥様がお待ちですね。お子さまは？」

「二人です。二人とも男の子です」

「わたくしは女の子。二人です」

とりとめない話題はたちまち、互いの仕事の内容や、暮らしの状況、人生論、夢や思いの数々へと弾んだ。

そうして、わたくしたちには定められたほんの一瞬にひとしいこの時間しか許されていないのだと、その思いにしだいに追い詰められ、ふたりは無口になった。

甲府が近づいた。

「甲府で降りてくださいませんか。もう少しお話がしたいんです。駅の傍に小さいですが珈琲の美味しい喫茶店があります。あとの列車はまだ何本もありますから」

ついにその言葉を聞いた。

わたくしはその言葉を待っていたのだ。待ちながら、わたくしを郷里の駅に出迎えているに違いない父を、そして夫と子どもを、ほんの暫くでも裏切ることが出来るかと、自分の心を見計らっていたのだった。

わたくしの沈黙に紅潮した彼の顔を、わたくしは一生忘れないだろう。

「許して下さい。無理を言いました」

彼は胸ポケットからハンカチを取り出し、わたくしの涙を拭った。

列車から降り、俯いたまま振り向くことなく去って行く彼を目で追いながら、わたくしは彼が残したハンカチを握りしめていた。

ついに名前も訊かなかった。わたくしも伝えなかった。けれども、あれは一瞬の、永遠の、確かな恋であった。

あの彼も必ずいつかは死者の影となってわたくしのところにやって来る。いや、わたくしが先に影となって、生きている彼を訪れるのかも知れない。

影たちのひしめき合うそこはかとないざわめきは、妖しい揺曳となってわたくしにまつわりつき、暮れかかる茜雲が一気に視界に降ってきた。

何処にいても何処を歩いていても走っても、清々とわたくしひとりでいることはできないのだった。

ようやく登坂画伯が待っているに違いない、丘上にあるというアトリエに行き着くことが出来そうである。

鬱蒼とした樹木と灌木の匂う舗装されていない赤土の登り道に向かうと人家が途絶え、車は蔓延る木の根っこと小石にタイヤをとられてバウンドし、しきりに軋んだ。

登りきると、もうそこには、建つというより置かれている粗々しい木組みに金網を被せた奇妙な小屋を背に、立ちはだかるように作務衣姿の登坂画伯が立っていた。

「よく来てくれましたね。やっぱり駄目だったかと落胆していたところです」

「すみません、遅くなりました。思案したのですけれど。とにかく来てみました」

「今日は初回ですから。此処を知っておいていただくだけで」

画伯は伸び放題の白い顎鬚に手をやり、珈琲が出来ています、と言った。

ガタピシと音を立てる板戸を開けると、土間に続く高床式の板敷の一間がわたくしを迎えた。

画伯が奥の板戸も開けると、さっと夕暮れの柔らかい陽光が溢れた。

箱や食器などが乱雑に詰め込まれた三段の棚のほかには何もない板敷の半分には畳が敷かれ、絣模様の座布団が二枚と寝具らしい固そうな布団が片隅に積んである。台所になっているらしい土間には盛大に絵具が飛び散っている。数脚のカンバスと絵具箱を囲むように画料のブリキ缶が積み上げられ、錆びついたような汚れた冷蔵庫がひっそりと並んでいる。

「こんなもんです。でもこれで十分なのです。此処に籠れば、天上天下に我ひとり、ですから」

一人用の折り畳みの卓袱台《ちゃぶだい》を畳の上に広げながら、辛うじて電気だけは通してもらうことが出来ましたと笑う。

「此処一軒だけですからね、なかなかやってもらえませんでしたが」

「お家はどちらに？」

「此処ですよ。このアトリエが僕の家です。僕の世界です」

「ご家族は？」

「僕は独りです。それが一番ですからね」

画伯は、わたくしの次の訊問を先取りして、何もかも自分一人でやっているのだと言い、料理と食器の片付けの工夫について熱心に語り始めた。

洗剤など使わなくたって、油だってきれいに落ちるんですよ、発見したんです、水洗いだけで十分です。そして盆に載せた二人分の珈琲を卓袱台に並べると、目を細めてわたくしの顔をまじまじと見た。

「やっぱり、思った通りだ」

「何でしょう？」

「いや。僕が描きたかったのはやっぱりあなただったんだと、いま改めて確信したということです。さあ珈琲をどうぞ」

「首実検ですか」

わたくしも確かめたいことが今は山ほどあった。

何を思ってこの熊のような画伯の申し出を受け入れてしまったのかとすでに後悔していた。ちょっと名の知れた画家ではあるが、わたくしは彼のことをほとんど何も知らないのだった。

わずかではあるが人里離れた山中で画伯と二人きりになることを今知ったのだ。絵が完成するまで、これから何回となくこうして画伯と二人だけの時を過ごすことになる。

「いけませんか」

見透かしたように画伯が言う。

「いえ、首実検なり何なりと、いくらでもどうぞ」

身構えながら虚勢を張った。

画伯は笑ったような笑わないような微かな笑いを口元に浮かべ、土間からカンバスの一脚を抱えてくると板敷に据えた。それから畳に二枚の座布団を並べた。

「とりあえず今日は形だけ決めておきましょうか」

何も言えないで画伯の動きを目で追っているわたくしに、さあここへ横になってと、有無を言わさぬ口調になった。

やっぱりやめますと決然と立ち去るわたくしを想像しながら、わたくしは何食わぬ顔で体を横たえる。

しかし仰向けがいいのか、横向きがいいのか、横向きになるとすればどのくらいの角度がいいのか、分からない。腕の形も脚もそして指さえもどうすればよいのか、わたくしの躰は何もかもが一瞬にして自分のものではなくなった。

「どうしたらいいんでしょう」

「好きなようにしていてください」

「衣装はこれでよかったのかしら。脱がなくていいんですか」

わたくしは意地悪く挑むように言った。

「脱ぎたいですか？」

画伯は愉快そうにわたくしを見詰める。

「いいんですよ、あなたがそこに居て下さりさえすれば。僕は自由に描きますから。見えるんです、脱いでいただかなくてもあなたの裸身が、僕には」

「超能力をお持ちなんですね」

いよいよ意地悪く挑戦的になるわたくしを、早くもカンバスをたたんで土間へ降りながら、ふと思いついたとでもいうように画伯は振り返った。

「ところであなたは何か信仰をお持ちですか」

「いいえ、それが何か？」

わたくしは、わたくしの行くところ行くところにひしめいてわたくしに迫る死者の影たちのざわめきを再び聴く。

「わたくしはわたくしの内にいる神様にいつも祈っています。わたくし一人の神様です」

わたくしが死ねばわたくしの神様も死にます、それだけですと、いつも応える答えを言いかけてわたくしは黙った。

ふと本当にそうだろうかという気がしたからである。わたくしもわたくしの神様も一緒に、あの影たちに紛れてきっと生き続けるのだ。そして生きている者たちに囁き、呟き、語りかけつづける。

「自分教、ということですか」

「そうですね、ああ、そういうことですね、自分教です」

「そこなんだなあ、僕に見えたあなたは。だから僕は描きたかったんだ、あなたの裸身を」

「どう見えたんです？」

「僕と同じ人だからです」

答えにならない答えを口にし、画伯は沈黙した。

果てしない無限の死者たちの影に画伯の存在が重なる。本物の画家なのか偽画家なのかと皮肉な疑惑を登坂画伯に向けながら、わたくしは一週間後を約してアトリエを後にした。

十代になっている娘たちは屈託なく逞しい。紗波《さなみ》は高校のバレー部でセッターを務め、紗織《さおり》は中学の文芸部で詩を書いている。

帰宅すると、ボールを入れた網袋をぶらさげて紗波が夜間練習に出かけようとしていた。

「紗織は？」

「一緒に夕飯食べたんやけど、何だか頭が痛いって寝てる」

台所に入ると、用意しておいた夕食はきれいに片付いている。

三交代制のメーカーに勤める夫の卓司は、今夜は夜間勤務だ。わたくしは薬局で働きながら夫の両親を看取ったばかりである。

紗織は彼女の額に手を当ててるわたくしに寝返りを打ち、大丈夫やと言った。

わたくしは台所にもどり珈琲を淹れる。

静かだ。こんな時が訪れるなんて夢にも思えなかった苦しかった日々がよみがえる。

そして珈琲カップを手に、画伯が淹れてくれた珈琲の味を思い出し、一週間後にはきっと、あの怪しいアトリエで白髭の熊のような画家の目に晒しているに違いないわたくしの姿態を想像する。

森林浴と銘打つ入浴剤を入れた緑色の湯は、蛍光灯の白光を吸って底まで明るい。

わたくしはいつものように思いきり浴槽に全身を伸ばし、わたくしを眺める。

これがわたくしか。地球上に唯一の。宇宙に唯一の。どういうわけか永遠の時の中の一瞬に在る確かな存在の一つの。世の中の誰とも何とも違う唯一無二の。そして唯一度だけの。そして、そして、そして、わたくしだけの。

なんと謎めいて生々しく美しいことだろう。わたくしはわたくしを鑑賞する。不思議きわまる魅惑の個体だ。この体内では、どんな精密機械も及ばないどんな精密理論も及ばない神業の作業が、滞りなくそして休みなく行われているのだ。

指を広げ爪を眺める。腕をさする。肩も胸も腹部もいとおしい。腰にも脚にもそっと手を当てていく。痣《あざ》も黒子《ほくろ》も皺も傷跡もこの世に在る証だ。

これがいずれは必ず消えて無くなるのだ。焼かれて粉々の骨になり、その骨もいずれは失われる。それを従容として受け容れなければならないのが「存在」自体なのだ。そしてこの世に焼きつく影となる。

一週間後、朝早く家を出たわたくしは二、三の用事を済ませ、やはり画伯のアトリエへ車を走らせていた。

道々に出会う影たちはいっそう数を増し、我先にとわたくしに語りかけてくる。彼らに導かれるままにわたくしはまた迷い、遠まわりをしていたようだ。

いつの間にか車は重々しい瓦屋根と整然とした煉瓦塀のつづく住宅街を走っていた。人の気配のない石畳の道路は、沈黙の象徴のように陽だまりと日陰を分けて森閑としている。

サイドミラーの奥に歩いてくる人の姿が写った。わたくしはわたくしの行く道を確かめるために彼を待って車を停めた。

雲水だ。深い網笠をかぶり、喜捨をいただく黄色い頭陀袋《ずだぶくろ》を肩から胸に下げて、長い杖を跳ね上げ踊るような早足で近づいてくる。

声をかけようとドアを開けかけて、登坂画伯だ！、わたくしは思わず、叫び声を封じ込めハンドルに顔を伏せた。

彼が急いでいるのはアトリエでわたくしを待つために違いなかった。

何故、雲水の姿で今ごろこんなところを歩いているのだろう。少しは名が知れている画伯ではあるが、わたくしの胸に漠然と付きまとう胡散臭さが今はあからさまに不安を掻き立てる。同時に笑い出したくなるような奇妙な安心もある。わたくしは引き返さなかった。彼が先に着くか、迷いつつもわたくしが先になるか、わたくしは車の行く先に、アトリエに並べられた二枚の薄い座布団を見ていた。

青空の中に、真昼の日差しを浴びて鈍色《にびいろ》の陽光を散らしている金網をまとった小屋を背に、作務衣姿の画伯は初日と同様にわたくしを迎え入れた。

そして初日と同様に珈琲を淹れた。

板戸を開け放した板敷と畳の一間からは、夕暮れの初日には気がつかなかった竹藪が眺められる。丘上の汚れのない空気は、いかにも此処は白髭の仙人が棲む処だとも思えた。

わたくしは、画伯の目を盗んで、彼が先程まで確かに着ていたはずの墨染めの衣と網笠を見つけようとするが見当たらない。黄色い頭陀袋も長い杖も消えている。

「何かお探しですか」

珈琲カップを手に、突然、画伯が言った。

「さっきお会いしましたね」

続けて言うと、立って外へ出て行った。

わたくしは動けずにいた。なぜかこの結末を登坂画伯とともに見るのだという思いに捉われていた。画伯が斧を持ってきて切りつけようと、絵具を抱えてきてぶちまけようと、長い杖を振り上げて打擲しようと、それもわたくしの運命なのだと思おうとしていた。

竹藪で鶫《つぐみ》が太い声で鳴いている。誘われるように他の鳥の鳴き声が混じり、静けさが揺れた。

雲水姿の画伯が戻って来た。

「お似合いです」

とわたくしは言った。

「どうしてかと、あなたは訊かないんですか。怒らないんですか」

「どうして訊かないのか、怒らないのか、わたくしにも分からないんです。でもほんとに僧侶でもあるんですか、画家のほかに」

あはは、と画伯はのけぞって哄笑し、突然口調を変えた。

「雲水は僕の商売衣装なんだ。お分かりか。少々名が売れているからって、絵は売れないいんだよ。食っていかれないんだよ。食わなければ絵も描けないじゃないか。まずは生きてもいかれないだろ」

「商売って、雲水ならお布施をいただくんでしょう？」

「そういうこともありますがね、知りたいですか」

　画伯はにやりと笑った。

　黄色の頭陀袋から取り出したのは、薄紫の和紙に包み水引を掛けた大ぶりの版木であった。

「御札《おふだ》ですか」

「そうです、御札です」

　画伯は版木をかざし、またにやりと笑う。

「御札を売り歩かれるんですね。どちらのどういう御札なんですか」

「いや、神社でもお寺でも何処でもないんだ。これは特別、霊験あらたかな御札なんですよ」

　画伯は可笑しそうにまた笑い、口調を戻した。

「神様は僕なんです。ほら、『登坂乃神高楼』ってね。この御札も僕が作っているんですよ。よく売れますよ」

「まあ、それって詐欺でしょう」

「どうしてですか。僕は誰も騙していませんよ。僕はほんとに僕の中の神様を信じていますからね。その功徳を分け与えようとして何が悪いんです？　それにちょっと謝礼を戴くだけです。あなたは言ったじゃありませんか、自分教だって。あなたも御札を作って売ったらどうです？」

何も言えないでいるわたくしと御札を交互に面白そうに眺め、御札を和紙に納めると、画伯は大仰に額に押し頂いて見せた。

「女性のファンが多くてね、僕はネグラに困ることはないんですよ。もしかしたら何処かに僕の子どもも何人かいるんじゃないかな」

油気のない蓬髪と白髭に手をやりながら、画伯はわたくしを窺う。

「此処は仮の宿というわけですか」

「いや、僕の聖地です。僕は画家ですからね、御札だってここで作るんですよ」

さて、着替えてきますか、と言って画伯は再び外へ出て行った。

わたくしはやはり動けずにいた。

あなたは僕と同じ人だと言った七日前の画伯の声が生々しく小屋いっぱいに木霊している。わたくしに語りかける影たちの声と混じり合う。

わたくしは二枚の座布団を並べて昼下がりのほどけるような白光の中へ横たわり、作務衣姿の画伯が戻ってくるのを待った。

次の日も次の日もわたくしを迎える登坂画伯の行動は儀式の如く同じであった。小屋の前でわたくしを待ち、珈琲を淹れる。わたくしは二枚の座布団に横たわり、眠ったり本を読んだりして二時間ほどを過ごす。もう話すことはなかった。わたくしがどんな姿態でカンバスに描かれているのか、わたくしは見ようとせず、画伯も見せようとしなかった。

そして約束の最後の日が来た。

わたくしはアトリエに向かって急いだ。完成しているはずの登坂画伯の裸婦を、わたくしの裸身を、一刻も早く見たかったのだ。

丘上を望む上り坂へ差しかかった時である。

カンカンカンとけたたましく警報を鳴らしながら消防車がわたくしの車を追い

抜いていった。続いて不安なサイレンとともに二台が登って行く。
消防の放水はあっと言う間に終わった。
焼け落ちたアトリエの残骸は放水を浴びて焦げた蒸気を音を立てて上げていた。
画伯の消息は知れなかった。
何処かで御札を売り歩いているのだろうか。それとも捨ててしまっただろうか。
登坂画伯もいずれは影たちの仲間になるのだ。そしてわたくしに語りかけてくる。
御札とカンバスに描かれたわたくしの裸身の行方を彼に尋ねれば、何と答えるだろう。

播火100号記念　現・同人紹介

同人一覧（現在）

（五十音順）

伊藤訓道《のりみち》　73号より同人

一九八九年・兵庫県加古川市・生　兵庫県立大学環境人間学部卒

農業研修を経て独立

共著〈播火一〇号毎記念同人競作集〉『放熱』『青炎』

現住所　〒675-0027　加古川市尾上町今福四三三-一三

大塚高誉　39号より同人

一九六二年・兵庫県旧神崎郡香寺町・生　大学卒

教職

第4回神戸エルマール文学賞候補

著書『神崎すみからすみまでずずいーと拾い旅』（シナリオ集）

共著〈播火一〇号毎記念同人競作集〉『顔』『約束』『雲の記憶』『増殖』

現住所　〒679-2151　姫路市香寺町香呂三七一-一

小高友哉（恋歌ともや）　54号より同人

本名・妹尾一哉
一九六七年・兵庫県赤穂郡上郡町・生　同志社大学卒
サラリーマン・五行歌誌「彩」同人（ペンネーム・恋歌《れんか》ともや）
「恋人の日」五行歌スウィートメモリー思い出賞
「五行歌花かご文芸賞」（第6・7・8・12・13・14回・すべて出版化）
第3回市川手児奈文学賞（川柳）・「遊歩俳句会」入選
著書『君と僕の五行恋愛物語—200のラブストーリーズ』（文芸社）／『ちいさな手』（娘さえかと共著・ほおずき書籍）／『草のつづき』『愛ってなに？』（一編ずつ掲載・日本文学館）／『かみごおり五行恋物語』第一巻・第二巻『恋ぷち』『しごう五行恋物語』『龍野さくら祭　五行恋物語』
現住所　678-1252　赤穂郡上郡町船坂二三二

河﨑徹也　20号より同人

本名・河﨑哲也
一九七〇年・兵庫県姫路市・生　立命館大学法学部中退
ペットシッターサービス業運営・加西ワンワン牧場飼育員ほか
共著〈播火一〇号毎記念同人競作集〉『月』『顔』『約束』『雲の記憶』『増殖』『放熱』『青炎』
現住所　〒670-0946　姫路市北条永良町四三-二

北山眞佐子　26号より同人
一九四六年・兵庫県神崎郡（現姫路市香寺町）・生
国立姫路病院付属看護学院卒
二〇〇七年姫路市医師会看護専門学校退職
現日ノ本学園高校非常勤講師
第4回アングラ文学賞佳作賞
著書『川は流れて』『追い風』（ほおずき書籍）
共著〈播火一〇号毎記念同人競作集〉『月』『顔』『約束』『雲の記憶』『増殖』『放熱』『青炎』
現住所　〒670-0874　姫路市八代本町二-五-二八

木下健一　77号より同人
一九三六年・兵庫県姫路市・生　神戸大学文学部英文科卒
百貨店勤務・定年後ホームセンター・年金事務所臨時職員等
元「西播文学」「太子ペンクラブ」同人
現　季刊書評誌「足跡」同人
著書『西播文学小説集』（共著）／『木下健一作品集』（自家制作）
共著〈播火一〇号毎記念同人競作集〉『放熱』『青炎』
現住所　671-1113　姫路市広畑区清水町一-二〇

新谷康陽《しんたにやすあき》　90号より同人
本名・大東《おおひがし》　祐《ひろし》
一九六三年・大阪府大阪市・生　大阪市立大学商学部卒
建設会社経営
第119回コスモス文学新人賞受賞（長編小説部門）
共著〈播火一〇号毎記念同人競作集〉『青炎』
現住所　〒671-1135　姫路市大津区新町二-三二-二〇五

菅谷李太郎
一九四六年・兵庫県宍粟市波賀町・生　高校卒
地方公共団体、三セクを経てNPO職員
全日本自治団体労働組合文学賞小説部門入選・神戸新聞文芸小説部門入選
共著〈播火一〇号毎記念同人競作集〉『青炎』
現住所　〒671-4232　宍粟市波賀町斉木一四二八

瀬川　創　93号より同人
本名・瀬川典也
一九五八年・兵庫県姫路市・生　岡山理科大学附属高等学校卒
衆議院議員政策担当秘書（23年間勤務）

大津連合子ども会、小中学校PTA会長等
現住所　671-1145　姫路市大津区平松四三七-二

田中忠敬《ただよし》　98号より同人
一九三八年・兵庫県小野市・生　兵庫県立農業高等学校卒
東京農大農業講座（通信教育）受講・農業改良普及員免
県立播磨農業高等学校定年退職後、農業自営のかたわら老人大学講師
NPO法人「いなみの万葉の森の会」理事
兵庫県半どんの会文化賞（及川賞）
著書『えむ農場の四季』（三武書房）／『それからの家族』（大西精版）／『青き風ふたたび』（神戸新聞出版センター）
現住所　〒675-1355　小野市新部町三八九

松永　剛　28号より同人
一九六二年・静岡県静岡市・生　早稲田大学理工学部卒
学習塾講師・ピアニスト（リサイタル4回）
著書『恋とはどんなものかしら』
共著〈播火一〇号毎記念同人競作集〉『月』『顔』『約束』『雲の記憶』『青炎』
現住所　〒422-8076　静岡市駿河区八幡三-一九-二三

松本順子　65号より同人

一九四三年・長野県松本市・生　大学卒

㈱ハトヤ会長・商工会議所女性会々員、姫路駅前商店街振興組合専務理事、姫路イベント協議会委員、大手前通り街づくり協議会副会長・姫路市社会教育委員

はりま文化賞（美術）

詩集『光源氏と女たち』　歌集『さりげなの花』（文芸社）

共著〈播火一〇号毎記念同人競作集〉『増殖』『放熱』『青炎』

現住所　〒670-0877　姫路市北八代二-三-九

諸井　学　60号より同人

本名・伏見利憲

一九五〇年・兵庫県姫路市的形町・生　名古屋工業大学卒

家電小売店経営

第10回神戸エルマール文学賞候補

著書『種の記憶』（ほおずき書籍）

共著〈播火一〇号毎記念同人競作集〉『雲の記憶』『増殖』『放熱』『青炎』

現住所　〒671-0111　姫路市的形町的形一七二-一

柳谷郁子　創刊同人・編集長

一九三七年・長野県岡谷市・生　早稲田大学教育学部英語英文学科卒

元神戸学院女子短期大学文学部非常勤講師

現・芦屋谷崎潤一郎記念館講師

日本ペンクラブ会員・日本文芸家協会会員

第14回大阪女性文芸賞・第3回小諸藤村文学賞・第1回神戸新聞文芸小説部門優秀賞

兵庫県半どん文化賞（及川賞）・姫路市芸術文化賞（芸術賞）・姫路文連姫路文化賞

著書：小説　『月柱』（読売新聞社）／『月が昇るとき』『赤いショール』『花ぎらい』（鬼灯書籍）／『夏子の系譜』（三月書房）／『真夏―十六歳のエチュード』（鳥影社）。ノンフィクション　『風の紋章』（鬼灯書籍・日本図書館協会選定図書）／『望郷―姫路広畑俘虜収容所通譯日記』（鳥影社）。エッセイ集　『諏訪育ち』（三月書房・日本図書館協会選定図書）『想いのままに』（鬼灯書籍）。

共著『姫路文学散歩』（神戸新聞総合出版センター・姫路文学館刊・日本図書館協会選定図書）／『姫路城を彩る人たち』（上に同じ）／『私を変えたことば』（光文社・日本ペンクラブ刊・収録エッセイが二〇〇一年筑波大学入学試験問題に採用される・日本図書館協会選定図書）／『播州才彩』〈播火一〇号毎記念同人競作集〉（しんこう出版）ほか。

紀行集　『官兵衛がゆく』（スプリング社）

絵本『官兵衛さんの大きな夢』（神戸新聞総合出版センター）

作詞『いのちってなあに』（童謡）／『姫路ＩＴＣクラブ会歌』（会歌）／『あがほ恋歌

夢音頭』（英賀保婦人会70周年記念歌）／『はじけたらんかい音頭』（姫路よさこいメイン曲）／『おの恋よって恋』（小野市よさこいメイン曲）ほか。
現住所　〒672-8023　姫路市白浜町甲四二五

山田正春　7号より同人
一九四八年・兵庫県姫路市・生　県立東高等学校卒
各種職業　現・スタンド勤務
地上文学賞佳作賞・ナビール文学賞佳作賞・姫路文連黒川録朗賞
第3回・第5回・神戸エルマール文学賞候補
著書『山田正春作品集』1～12
共著〈播火一〇号毎記念同人競作集〉『月』『顔』『約束』『雲の記憶』『増殖』『放熱』『青炎』
現住所　〒670-0976　姫路市中地四三四-三-二〇七

やまのうえようこ　94号より同人
本名・山上《やまがみ》洋子
一九四一年・神奈川県横浜市・生　武蔵野美術大学卒
一九八九年・英国にてハーブの講習を受ける。二級造園技能士、ハーブコーディネーター
著書『モモ小母さんの手づくりの庭』『花の詩』（講談社出版サービスセンター）
現住所　〒670-0935　姫路市北条口三丁目三三-七〇二

渡辺孔二《わたなべこうじ》　90号より同人
一九三七年・岡山県倉敷市・生
大阪大学大学院文学研究科修士課程（英文学専攻）修了　神戸大学名誉教授
主要著書『スウィフトの断想』『メービウスの帯―書き手スウィフト』（山口書店）／『スウィフトの文学的技法』（京都修学社）／『楽書き紀行』（新風舎）／『愛された脱獄囚ジョン・シェパード―デフォー、スウィフトがいた18世紀ロンドン社会』（角川学芸出版）
編著『ジョージ・オーウェル』（山口書店）
共著『変りゆく文化』（成美堂）／『花』（文化書房博文社）／〈播火九〇号記念同人競作集〉『青炎』
編訳　M・H・ニコルソン、ノーラ・M・モーラ、ジョナサン・スウィフト『想像の翼―スウィフトの科学と詩』（山口書店）
監訳　ウイリアム・バトラー・イエイツ『ジョン・シャーマン』（吾妻書房）／ネッド・ウォード『ロンドン・スパイ―都市住民の生活探訪』（法政大学出版局）
共訳　パット・ロジャーズ『サミュエル・ジョンソン百科事典』（ゆまに書房）／サミュエル・ジョンソン『イギリス詩人伝』（筑摩書房）、ほか
現住所　〒664-0872　伊丹市車塚一-三二七-一〇四一二

藤木明子　72号より特別同人
一九三一年・兵庫県姫路市・生　女学校卒

姫路市芸術文化賞・姫路文連文化賞ほか
「黄薔薇」「オルフェ」同人を経て、詩誌「別嬢」短歌誌「象」同人
著書：詩集『影のかたち』（蜘蛛出版社）／『木簡』『恋愛感情』（詩学社）／『恋愛風情』
〈日本詩人文庫91〉（近代文芸社）／『地底の森』『どこにいるのですか』『ためらう女』
（編集工房ノア）。エッセイ集『猫仮面』『猫かぶり』（神戸新聞総合出版センター）／『ゆ
めのうしろ』（編集工房ノア）。紀行文『播磨西国三十三ヶ寺巡礼』『ひょうごの暮らし
365日』（神戸新聞総合出版センター）／『ふるさと文学散歩』（タウン編集室）ほか
共著〈播火九〇号記念同人競作集〉『青炎』
現住所　〒679-4333　たつの市新宮町下野田二六一

恋《こ》いして　―播火100号記念 同人競作集―

2017年1月27日　発行

監修・編集　柳谷 郁子
〔事務局〕〒672-8023　兵庫県姫路市白浜町甲425

発行者　木戸 ひろし

発行所　ほおずき書籍株式会社
〒381-0012　長野県長野市柳原2133-5
☎026-244-0235
www.hoozuki.co.jp

発売所　株式会社星雲社
〒112-0005　東京都文京区水道1-3-30
☎03-3868-3275

ISBN978-4-434-22932-9　NDC918